KB237135

경·북·지·역
통일신라 9세기
불상연구

경·북·지·역

통일신라 9세기 불상연구

~ 통일신라 후기 불상들의 형태와 형식 변화를 살펴보자 ~

김환대 지음

한국학술정보㈜

전국에는 현재 많은 불교문화 유적이 남아 있다. 그중 불상은 시대의 흐름에 따라 다양하게 표현되었다.

우리나라 불교의 시작은 고구려 소수림왕 2년(372) 전진에서 승려 순도(順道)가 불상과 불경을 전하고 그 후 침류왕 원년(384) 동진에서 온 고승 마라난타가 백제에 불교를 전하면서 시작되었고 신라는 눌지왕(訥祇王) 때 고구려 승려 아도(阿道)가 고구려의 변방인 일선군(지금의 경북 선산)으로 들어와 모례(毛禮)라는 사람의 집에 숨어 지내다가, 성국공주의 병을 고쳐 주고, 그 공로로 불교를 전할 수 있게 되었고, 소지왕(炤知王) 때는 탄압으로 위축되었다가 법흥왕(法興王) 14년(527) 이차돈의 순교를 계기로 불교를 국교로 공인한 이래 삼국통일과 더불어 정치적으로 안정을 이룩하였으며 불교문화는 더욱더 발전하였다. 불교 조각에 있어서도 전성기인 8세기 중엽의 경주 토함산 석굴암 불상은 화강암 소재의 인공 석굴로 신라인들의 조성 기술을 종합적으로 결합시킨 걸작의 불상이라 하겠다. 그러나 통일신라 후기에 들어서면서 중앙 귀족의 치열한 왕위쟁탈전 및 호족세력의 난립으로 인한 정치적 혼란기를 겪었다. 불교가

사상적인 측면에서도 선사들의 분주한 중국 왕래와 구산선문의 새로운 기운이 일어났다.

불교 조각에서도 수도 경주의 획일적인 중앙 양식과 달리 지방 양식이 성행하여 철불이 많이 조성되었다. 9세기 중엽을 전후해 선종이 확고한 기반을 잡게 되는데 기본적으로 화엄사상을 바탕으로 하고 있어서 비로자나불을 주존으로 봉안하였기 때문에 비로자나불이 유행하면서 이와 더불어 화엄종도 성행하였다. 또한 비로자나불과 아미타불이 함께 조성되는 예가 많아졌는데 대표적인 예가 경주 불국사의 금동비로자나불좌상(국보 제26호), 금동아미타불좌상(국보 제27호)과 영주 풍기의 영풍 비로사 석아미타불 좌상과 석비로자나불좌상(보물 제996호)이다.

경북지역에는 현재 150여구가 넘는 불상이 있는데, 그중 통일신라 후기 9세기 불상들은 기존 양식과는 다른 철불의 등장과 지방화 양식이 나타나는 중요한 위치에 있으며, 삼국시대 불상들에 비해 통일신라 후기 불상들에 대한 전체적인 연구 성과가 아직 체계적으로 이루어지지 않은 것 같아 자료를 정리해 보고자 하였다. 기존의 연구 성과를 중심으로 새로이 추가된 자료를 바탕으로 한 현장 조사를 통해서 경북지역의 9세기 불상의 현황과 각 지역별 불상들에 대해서 알아보았다. 각 지역별로 분류한 것은 대표적인 한 지역을 중심으로 나타나는 불상 양식과 그 지역 주변 지역으로 나누어 양식상에 연관관계를 알아보고자 하였다. 특히 경주를 중심으로 한 중앙

지역과 영주지역을 중심으로 한 북부지역을 중점적으로 살펴보았다.

통일신라 후기 불상들의 형태와 형식 변화를 살펴보고 조성되는 시기의 정치적, 역사적 배경과 이들 불상의 특징과 양식의 변천을 알아보았다. 불신, 대좌, 광배 등 9세기 불상들을 양식사적 측면으로만 보아 오던 것을 이제는 지역적 연관성과 시대적 배경 등을 감안하여 살펴보았다.

끝으로 여러 가지 미흡한 내용들을 자료로 엮어 나가게 도움을 주신 주위에 많은 분들께 고마운 마음을 전하며 앞으로 경북지역 통일신라시대 불상들을 연구하는 데 조금이나마 도움이 되는 기초 자료로 활용되길 바란다.

2008. 6
경주에서
김환대

차 례

9세기 불상들의 조성 배경

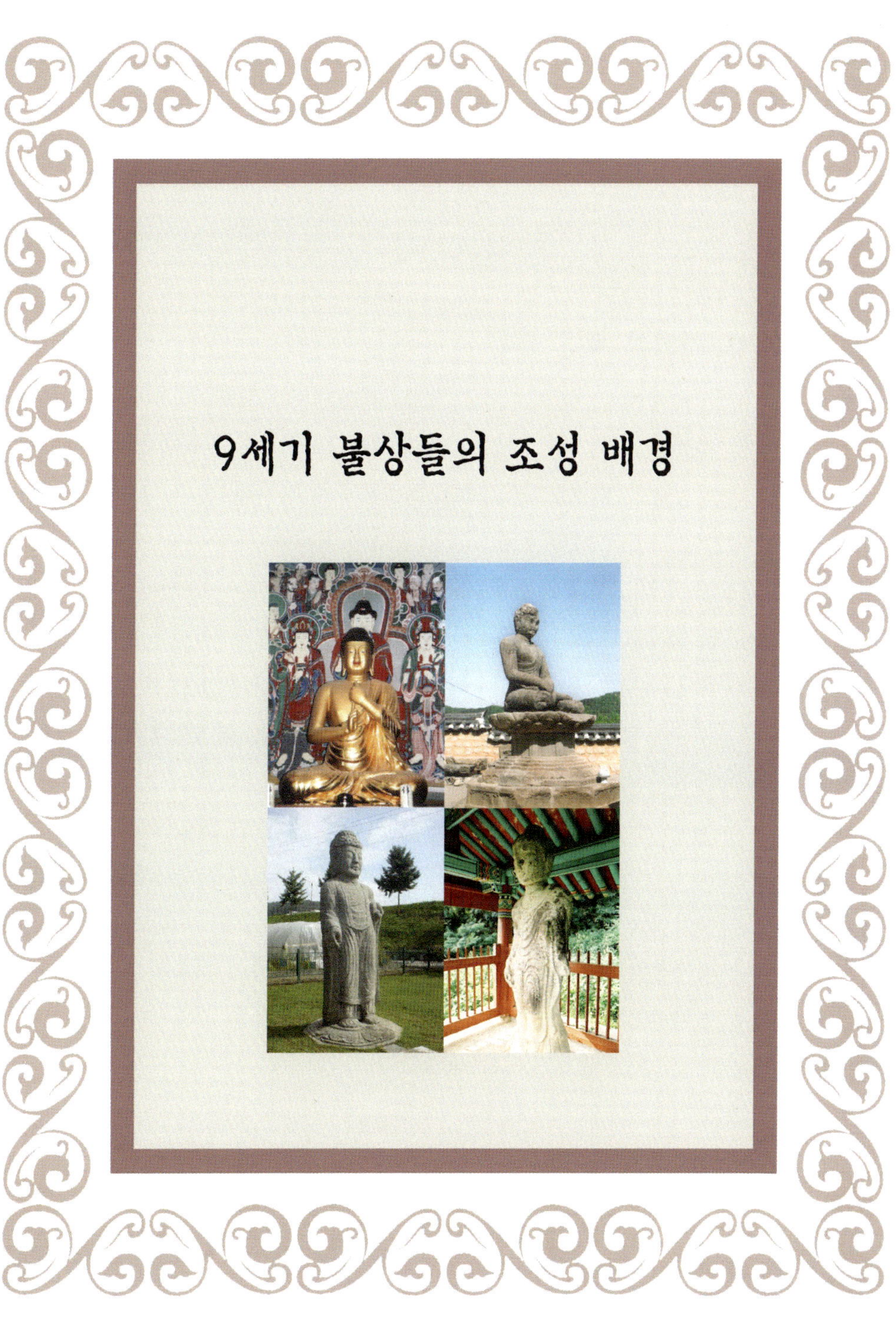

정치·사회적 배경

통일신라에서 9세기는 국가적 해체기로 인식되며 왕위쟁탈전과 지방 호족세력의 발호로 전국적인 농민봉기가 빈번히 일어나는 시기였다.

9세기의 우리나라 불교계는 전통적인 교종의 발전이 그 한계점에 도달하여, 점차 그 모순이 나타나고 있을 때에 밖으로 선사들의 분주한 중국 왕래와 구산선문의 새로운 기운이 일어나고 있던 시기였다. 통일신라시대의 사회적 안정과 전제적 관료제는 귀족세력의 대두를 유발하여 경덕왕은 이를 견제하기 위해 한화정책을 근간으로 하는 제도개혁을 단행하고 지방제도를 정비하는 한편 녹읍 제도를 부활하였다. 그러나 진골 귀족들의 왕권 도전이 표면화되어 혜공왕 3년(767) 김대공의 난을 시발로 96각간에 의한 반란이 3년간 계속되다가 내물왕의 10대손 해찬 효방의 아들인 김양상이 혜공왕을 살해하고 선덕왕으로 즉위하였으며 신라 하대의 시작을 열었으나 왕위에 오른 지 5년 만에 병으로 죽었다.

선덕왕의 뒤를 이은 원성왕은 족당 간의 대립이 격화되자 왕권의 강화책으로 골품에 의한 소수 귀족의 관직독점을 방지하고 관리를 인재 본위로 등용하기 위해 독서출신과를 설치하였으나 귀족들의 반대로 실패하였는데, 이는 내물왕계의 원성왕이 왕위를 계승하면서부터 무열왕계의 반격이 개시되었음을 뜻하는 것으로 짐작된다. 헌덕왕 때에 이르러 무열왕계인 웅주도독 김헌창은 앞서 선덕왕이 죽었을 때 왕위에 오른 그의 아버지 김주원이 내물왕계 귀족들의 반대로 왕위에 오르지 못한 것을 이유로 헌덕왕 14년(822) 3월 웅천주(지금의 공주)에서 반란을 일으켰다. 그는 나라 이름을 장안(長安), 연호를 경운이라 부르고 국원, 서원, 금관의 지방관들과 여러 군현 수령들을 위협하여 자기편으로 삼아 한때 청주·충주·김해 등지를 장악하였으나 헌덕왕은 장웅·위공·제릉 등에게 김헌창을 격퇴하게 하였다. 장웅은 도동현에서 헌창의 군대를 격파하고 위공과 제릉은 장웅과 합세하여 충북 보은 삼년산성을 공격한 뒤 속리산에서 헌창의 군사를 격멸시켰다. 균정이 성산에서 승리한 뒤 웅진성을 공격하여 함락시킴으로써 토벌되었다. 왕위쟁탈전은 흥덕왕 이후에 더욱 격화되어 민애왕 김명은 희강왕 3년(838)에 사병을 동원하여 왕의 측근을 모두 숙청하고 왕을 살해하여 즉위하고 신무왕(祐徵)은 839년 민애왕을 살해하여 즉위하였으며, 하대 155년의 기간 동안 20명의 왕이 교체되면서 재위 1년 미만의 왕은 4명이나 되었다.

　이와 같은 왕권의 불안정은 중앙의 행정체제를 뒤흔들어 귀족연립적인 정치형태로 변질되고 정치·사회적 혼란을 가중시켰으며, 중앙의 통제력이 약화되자 지방에서는 군진을 근거로 한 해상세력이 등장하였다. 군진은 9세기에 들어 해적이 발호하면서 이에 대처해서 설치된 청해진(莞島: 흥덕왕 3년(828) 설치)·당성진(南陽: 흥덕왕 4년(829) 설치)·혈구진(江華: 문성왕 6년(848) 설치) 등인데, 이 가운데 완도의 청해진이 가장 유명하며 해상세력의 중심이었다.

　청해진은 828년 당나라에서 활약하다 다시 돌아온 장보고가 설치한 것으로, 그는 1만의 병력으로 해적을 일소하고 해상권을 장악, 신라와 당나라·왜국 사이의 무역을 관장하여 해상의 패자로 군림하였다. 그는 해상세력을 기반으로 중앙정계에 진출하여, 앞서 희강왕을 죽이고 왕위에 올랐던 민애왕을 김양의 군대와 함께 달구벌 싸움에서 살해하여 신무왕을 즉위시키는 등 막강한 실력을 행사하였으며 그의 딸을 문성왕에게 차비로 바쳐 정치적 기반을 더욱 굳건히 굳히려다 조신들의 반대에 부딪혀 실패하여 반란을 일으켰으나 결국 자객에게 피살되었다.

　이와 같이 왕권이 무력에 의해 유린되어 통치체제가 무너지자 지방에서는 새로운 호족세력이 형성되어 행정·징세권까지 장악하고 농민을 수탈하는 등 중앙의 경제기반을 잠식하게 되자 단순한 지방세력이 아니라 작은 국가의 왕과 같은 존재가 되었다. 진성여왕이 들어서자 왕의 유모인 부호부인이 남편 위홍 등과 삼사 명의 총신과 더불어 권세를 잡고 정사를 마음대로 휘둘러 전국 방방곡곡에서 도적이 벌떼처럼 일어났다.(진성여왕 3년(229)) 그 결과 국정의 문란은 절정에 달하여 나라에서는 조세조차 거두지 못할 정도였고, 호족·군도들에 시달린 백성들은 일본·중국 등으로 유망하거나 사병·도둑 등으로 변하였다. 중앙의 정치적 부패와 통치권의 무정부 상태에 따라 지방에서는 군호가 나타나 북원(原州)의 양길, 죽주(竹山)의 기훤과 적고적·초적 등이 무리를 지어 발호하였다. 이 중에서 전라 남·북도지방을 차지한 견훤은 후백제를 세우고(진성여왕 6년(892)), 강원도 북부·경기도·황해도 및 평안도지방을 차지한 궁예는 송악(開城)을 근거로 하여(뒤에 鐵原으로 옮김) 마진국(후고구려)을 세웠으며(효공왕 5년(901)), 신라의 세력은 지금의 경상 남·북도를 차지하는 데 그쳐 이로부터 한반도는 얼마 동안 신라·후고구려·후백제가 대립하는 후삼국시대가 된다. 이로써 신라는 경주지방을 중심으로 하는 하나의 지방정권에 불과한 형편에 이르렀다.

경명왕 2년(918) 후삼국 중 가장 강대하게 세력을 떨치던 궁예를 신하 왕건이 몰아내고 고려를 세우자 신라의 경명왕은 이를 기존국가로 인정하여 사신을 보내 수호하였다. 927년 견훤은 신라의 서울 금성(경주)까지 침범하여 포석정에서 경애왕을 잡아 자살하게 하고 왕제 경순왕(金傅)을 즉위시켜 신라의 국가적 위신을 땅에 떨어지게 하였다. 935년 신라의 국토는 더욱 축소되어 민심은 고려로 기울어 나라를 더 유지할 수 없게 되자, 경순왕은 마지막 화백회의(군신회의)를 열어 국토를 고려에 귀부할 것을 결정하고 스스로 고려의 수도 개경에 가서 그 절차를 밟았다. 이처럼 9세기에 이르러 중앙집권 정부의 권력은 극도로 약화되고 안락하던 사회정권은 비대화한 귀족들의 정권 다툼으로 난항에 휩쓸린다.

 불교·사상적 배경

    통일신라시대에는 불교가 지배적인 사상으로 발전한다. 또한 우리나라 불교문화의 전성기라 부를 수 있다. 삼국시대부터 숭상되어 오던 불교는 신라가 삼국을 통일하는데 정신적인 기틀이 되었으며, 국가적인 차원의 사원 건축이나 불상 조성 등에 큰 영향을 미쳤다. 통일신라의 불상 조성 배경에는 우선 토착적인 고신라시대의 불상 양식이 기반이 되었으며, 그 위에 백제와 고구려와의 통합에 따른 새로운 자극과 변화가 불교미술에도 어느 정도 반영되었을 것이다. 또한 통일을 전후하여 빈번해진 정치적·문화적 교류와 승려들의 대당유학에 따라 새로운 불교경전의 전래와 교류도 활발히 이루어져서 율종·화엄종·법상종 등의 종파가 성립되었고 불상의 종류나 표현도 다양하게 발전하였다. 나아가 서역과 인도로 이어지는 불교의 국제적인 요소도 신라의 불교미술에 반영되어 통일신라 불교미

술은 다양한 외래양식의 수용과 새로운 변형, 그리고 토착적인 요소
가 합하여져 독특한 통일신라의 불상 양식으로 발전되어 갔다.

통일 후 중대의 불교는 나·당 간의 친선관계가 이룩되면서 유학
생·유학승의 노력으로 단순한 호국종교의 역할을 벗어나 사상과
이념을 앞세운 종교철학으로 발전하였다. 이 결과 5교(敎)의 종파가
성립되었다.

이때 원효는 통일신라의 불교를 철학으로 승화시켰다. 그는 종파
간의 대립의식이나 형식을 배격하고 일심·진여와 통일·화합의 화
정사상을 강조하면서 불교의 형식화·귀족화를 거부하였다. 이로써
불교를 생활화하며 대중화하는 정토신앙을 확립하였다. 5교가 귀족
들의 환영을 받은 데 대하여 정토신앙은 일반 민중의 환영을 받았
다. 이 정토신앙은 불경의 깊은 교리를 터득하지 않더라도 극락세계
에 왕생한다는 뜻의 '나무아미타불'을 외면, 고해에서 벗어나 서방
의 극락정토에 귀의할 수 있다는 지극히 단순한 신앙이었다. 그러므
로 일반 백성들도 손쉽게 믿을 수 있었는데, 이와 같은 정토신앙은
통일신라의 사회적 모순에 시달리고 있던 민중들의 현실 도피적 염
세경향을 반영해 준 불교 내세관의 표시라고 볼 수 있다.

8세기 이후 신라사회의 정치적 권위가 추락되자 불교계에도 불경
과 계율을 앞세워 중앙귀족과 연결된 5교의 전통과 권위에 대항하
는 선종이 대두되어 지방호족과 연결, 구산[선종]의 종파가 이룩되
었다.

흥덕왕3년(828)에 공인된 선종은 교종의 5파에 대립하여 9산선문을 이루었다. 이 양종파는 그 기반을 달리하여 교종은 진골 등 중앙귀족의 비호하에 발전하였으며, 선종은 지방을 중심으로 호족과 결탁하여 점차 그 세력을 펴 나갔다. 그리하여 신라 말기에는 교종의 5교와 선종의 9산을 합하여 5교 9산 시대를 이루게 된다. 이러한 종교생활에서 발생한 불교미술이 극도로 발달하였다. 더욱이 신라인의 독창력을 가미시켜 기교의 사실성과 생동감을 불어넣은 미의식을 고취하고 있다.

9세기 전반까지 교종에 기생하던 선종은 9세기의 중반에 즈음하여 시대상을 반영하고 지도하는 독자적 사유세계를 전개하면서 세력기반을 구축하고 확장해 나갔다. 이와는 대조적으로 9세기 후반의 화엄종은 세력이 위축되고 사회적 영향력이 현저하게 축소되었다.

하대의 선종사상은 교종의 폐단에 반발과 극복을 위해 일어났으며 복잡한 교리보다 좌선을 통해 스스로 사색하여 개인적인 심적 체험과 도야로써 진리를 깨닫는 것[見性悟道]이 옳다고 생각한 종파로서 문자를 떠나[不立文字] 이심전심을 중요시하였다.

이 선종은 8세기 말 혜공왕 때의 신행과 9세기 초인 헌덕왕 때의 도의(道義)에 의하여 가지산파가 성립되면서 9개 파가 성립되었다. 선종은 정치·사회적으로 혼란을 거듭했던 하대에 심성 도야를 중요시했기 때문에 시대적 환경에 부합될 수 있었다. 대개 6두품 출신이 지방호족들의 근거지를 중심으로 한 변경에서 개창하였기 때문에 호족의 종교로 발전하였다. 이렇게 발전·성행한 선종은 중세의 지성을 성립시키는 자극제가 되었을 뿐만 아니라 신라 왕실의 권위를 부정함으로써 호족세력의 사상적 이념을 제시해 주었다. 특히 해주 수미산파의 개창자 이엄이 호족 출신인 왕건의 스승이 된 것 등으로 미루어 선종사상은 고려 왕조 개창의 정신적 계기가 되었다. 선종에 대한 새로운 이해는 중국문화의 폭을 넓혀 주었고, 한문학 발달의 요인이 되기도 하였다. 이처럼 신라 하대에는 사상적인 면에서도 전환이 이루어졌으며 호족들의 대두와 함께 널리 전파된 사상으로 또 풍수지리설이 있다. 이제 불상 조성에 대해 살펴보면 9세기가 되면서 불상도 토착화의 길을 걷게 되는데 신선한 외부로부터의 문화자극 단절(중국의 정치적 혼란, 불교의 쇠퇴), 신라 내부의 정치적 혼란, 지방호족의 등장으로 '지방 양식'이 유행되며, 생명력의 약화와 기년명의 비로자나불, 철불이 유행한다. 조각 기술이 일부 퇴보하며 금동불의 경우는 거친 주물과 뒷면의 편불화, 세부 형식의 선각화, 무의미한 장식무늬가 나타난다.

석불의 경우에는 장대화되나 신체 조형성의 둔화, 광배와 대좌에 화려한 장식이 증가한다.

통일신라시대 후기, 즉 9세기 석탑에서 시작된 다양한 계층의 참여가 본격적으로 이루어지면서 지방적인 특성이 가미된 다양한 형식의 석탑이 건립된다. 앞 시대의 왕도 중심의 일률적인 탑파 건립에서 벗어나 각 지방의 재향세력이 건탑에 관여하였을 때 일률적인 규범보다는 각기 제 나름대로의 특징이 반영되어, 곧 다양성 있는 건탑의 양상을 보이게 되었을 것이다.

이처럼 불상에서도 지방적 특성이 강하게 나타나면서 철불 등이 주조되기 시작한다. 철불의 대부분이 선종 사찰에 봉안된 사실도 이러한 사회적 분위기와 무관하지 않다. 이들 선종 사찰에서 조성한 불상들은 철불에서도 볼 수 있듯이 수도 경주의 획일적인 중앙 양식과 달리 지방 양식을 띠기 마련이다. 종교생활에서 발생한 불교미술도 극도로 발달하였다. 더욱이 신라인의 독창력을 가미시켜 기교의 사실성과 생동감을 불어넣은 미의식을 고취하고 있다.

경북지역 불상의 형태

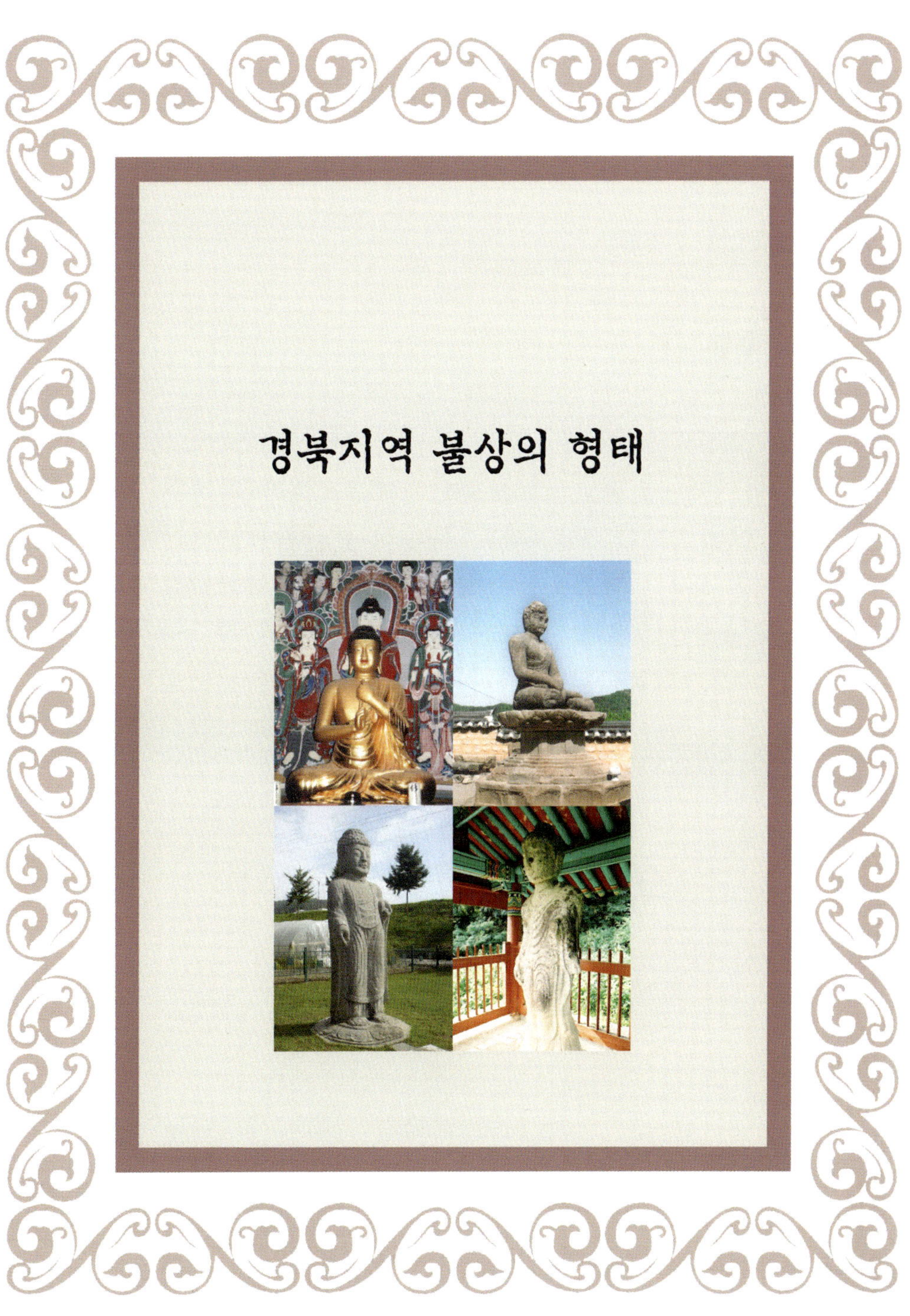

금동불

　금동불상은 불교가 전래된 이후 조선시대에 이르기까지 계속 제작되어 우리나라 불상 조각 연구에 큰 비중을 차지하고 있다. 삼국시대 이래 우리나라에서 제작된 금동불의 수는 현재까지 알려진 것만 해도 크고 작은 것들이 수백에 달한다. 9세기 금동불상은 그러나 그 수요가 그리 많지는 않으며, 이는 여러 여건으로 보아 주조하기 쉬운 철불의 등장과 유행으로 인한 요소가 작용한 것 같다.

■불국사 금동 비로자나불좌상(국보 제26호)

경주 불국사 비로전에 모셔져 있는 주존불로서 높이 1.77m이다. 조선시대에는 비로전이 불타서 대웅전에 모셨으며, 1925년에 일본인들이 극락전으로 옮겨 아미타여래좌상의 오른쪽에 나란히 모셨다. 그 후 1973년에 불국사 전체를 정비·복원하면서 현재의 비로전으로 옮겼다.

머리는 나발(螺髮)이며 상호는 위엄이 있으면서도 자비로운 인상을 풍기고 있으며 근엄하다. 반달모양의 두 눈썹과 뚜렷한 삼도(三道)가 나타나며 법의(法衣)는 왼쪽 어깨에만 걸쳐 입어 매우 얇게 표현되어 당당한 신체의 굴곡을 그대로 보여주고 있고, 자연스럽게 흘러내리고 있는 옷주름의 표현은 매우 세밀하며 사실적이다.

수인(手印)은 오른손 검지를 왼손으로 감싸고 있는 지권인(智拳印)으로 비로자나불이 취하는 일반적인 수인과는 반대로 표현되어 있어 특이하다.

불상의 등 뒤에는 뒷머리와 두 어깨 밑에 광배(光背)를 고정시키기 위한 촉 자리가 남아 있는 것으로 미루어 원래는 거신광배(擧身光背)가 있었던 듯하며 떡 벌어진 어깨, 양감 있는 당당한 가슴, 잘록한 허리 등에서 이상적이면서 세련된 통일신라시대 불상의 모습을 엿볼 수 있다.

불국사 금동아미타여래좌상(국보 제27호), 백률사 금동약사여래입상(국보 제28호)과 함께 통일신라 3대 금동불상으로 불린다. 조성시기에 대해서는 통일신라 불교미술의 전성기인 8세기 중엽 이후나 9세기 후반으로 추정된다.

■불국사 금동 아미타여래좌상 (국보 제27호)

이 불상은 불국사 극락전에 주존불로 모셔져 있으며 높이 1.66m의 원각상이며 뒷면에는 뒷머리와 두 어깨 아래에 광배를 붙였던 자리가 있는 것으로 보아, 원래는 거신광배(擧身光背)가 있었던 것으로 추정된다.

머리는 나발(螺髮)이며, 정수리 부근에는 육계(肉髻)가 큼직하게 솟아 있다. 원만하고 자비스러운 얼굴은 정면을 향하고 있으며, 눈썹은 반원형이고 콧날은 높고 오뚝하며 두 귀는 길어 어깨에 닿았다. 짧은 목에는 삼도(三道)가 뚜렷하고, 떡 벌어진 어깨, 당당한 가슴, 늘씬한 몸매 등은 장대하고 건강한 남성의 체구를 연상시키며,

두 무릎은 넓게 퍼져서 매우 안정된 느낌을 준다. 법의(法衣)는 오른쪽 어깨를 드러내고 왼쪽 어깨에만 걸쳐 입은 옷에는 거침없는 주름이 새겨져 있는데, 특히 옷깃 안쪽에서 밖으로 늘어지는 옷 접힘은 매우 사실적으로 표현되었다. 어깨 높이로 들어 약간 오므린 왼손은 손바닥을 보이고 있으며, 오른손은 무릎에 올려놓고 엄지와 가운데 손가락을 약간 구부

리고 있어 아미타의 구품수인 중 중품중생의 인(印)을 결하고 있다.

떡 벌어진 어깨, 양감 있는 당당한 가슴, 잘록한 허리 등에서 사실적이면서 세련된 통일신라시대 불상의 모습을 엿볼 수 있으며, 불국사 금동비로자나불좌상(국보 제26호), 백률사 금동약사여래입상(국보 제28호)과 함께 통일신라 3대 금동불상으로 불린다. 제작시기는 8세기 후반, 9세기설이 있다.

■백률사 금동약사여래입상(국보 제28호)

경주시 북쪽 소금강산의 백률사 대웅전에 있던 것을 1930년에 국립경주박물관으로 옮겨 놓은 것이며, 전체 높이 1.77m의 불상으로 등신대의 입상이다.

머리는 신체에 비해 크지 않은 편이며, 둥근 얼굴·긴 눈썹·가는 눈·오뚝한 코·작은 입 등에서는 우아한 인상을 풍기고 있지만, 8세기 중엽의 이상적인 부처의 얼굴에 비해 긴장과 탄력이 줄어든 모습이다. 커다란 체구에 비해 어깨는 약간 빈약하게 처리된 느낌이지만 어깨의 굴곡은 신체에 밀착된 옷을 통해 잘 드러나고

있다. 양 어깨를 감싸고 입은 옷은 두 팔에 걸쳐 흘러내리고 있으며 앞가슴에는 치마의 매듭이 보인다. 앞면에는 U 자형의 주름을 연속적인 선으로 그리고 있는데 조금은 도식적으로 표현되어 있다. 신체는 아래로 내려갈수록 중후해지며 옷자락들도 무거워 보이는데, 이것은 불쑥 나온 아랫배와 뒤로 젖혀진 상체와 더불어 불상의 특징을 잘 보여주고 있다. 두 손은 없어졌으나 손목의 위치와 방향으로 보아 오른손은 위로 들어 손바닥을 보이고, 왼손에는 약그릇이나 구슬을 들고 있었던 것으로 추정된다.

불상의 표면은 얼굴 등 피부에 도금 흔적이 있으며, 다소 평면적인 느낌을 주지만 신체의 적절한 비례와 조형기법이 우수하여 불국사 금동비로자나불좌상(국보 제26호), 불국사 금동아미타여래좌상(국보 제27호)과 함께 통일신라시대의 3대 금동불상으로 불린다. 옷주름의 표현 방식에 있어 한 단씩 걸려서 가운데 부분에 끊기면서 내려가는 다리의 윤곽 표현 기법으로 보아 사실주의 양식이 조금 떨어진 9세기 초에 제작된 것으로 추정된다.

철 불

금동불이나 석불은 불교가 전래된 이래 꾸준히 제작되어 왔다. 그러나 9세기로 접어들어 불교 자체의 타락과 예술성의 쇠퇴로 말미암아 석불의 경우는 목이 없는 기형적인 형태로 되어버렸고, 금동불은 천편일률적인 소상이나 험상궂은 모습으로 변화되었다. 철불은 금동불 만큼 많이 만들어지지는 않았지만 우리나라의 경우 통일신라 말기인 9세기 중엽 이후 상당수가 만들어졌다. 표면이 거칠어 도금하기가 어렵고 용융 온도가 높아서 끝마무리를 제작하기가 어렵고 미적 가치가 떨어지는데도 불구하고 조성된 것은 당시의 사회문화와 밀접한 바탕이 있어 이를 반영한 듯하다. 또한 철불은 종래의 아미타와 석가여래 대신 약사·대일여래가 주류를 이루었으며 철불의 유행은 비로자나불의 조성과 함께 9세기 후반기 불교조각의 또 한 가지 두드러진 특징이라 할 수 있다. 9세기를 중심으로 신라 하대에 만들어진 철불은 고려 전기에 이르기까지 상당히 짧은 기간 유행하였고 모두 대작이며, 여래좌상이었다. 신라사회에서 철불에 대한 새로운 신앙의 일단을 짐작게 한다. 또한 철불들을 비로자나불로 조성한 것은 당시의 신앙 내실을 말해주기도 하는 것이다. 기존의 금동불이나 석불이 대두되던 사회에서 새로운 재료의 철불의 등장은 한국 조각사에서도 커다란 비중을 차지한다고 할 수 있겠다. 철불은 지방의 선종 사찰에 주존불로 많이 봉안되었는데 대표적인 불상으로는 남원 실상사 철제여래좌상(보물 제41호), 광주 증심사 철조 비로자나불좌상(보물 제131호), 전남 장흥 보림사 철조 비로자나불좌상(국보 제117호), 강원도 철원 도피안사 철조 비로자나불좌상(국보 제63호), 강원도 동해시 삼화사 철조 노사나불좌상(보물 제1292호), 충남 보령 성주사 철조 비로자나불(9세기중엽), 경북 문경

봉암사 철불 2구(881년 전후, 헌강왕), 924년(경애왕 1년), 경북 예천 한천사 철조 여래좌상(보물 제667호) 등이 있다.

■ 예천 한천사 철조여래좌상(보물 제667호)

경북 예천군 감천면 증거리 주마산 자락에 있는 한천사 대적광전 주존불로 모셔져 있다. 이 불상은 구체적인 기록과 명문이 남아 있지 않으며 광배(光背)와 대좌(臺座)가 없어진 높이 1.53m의 철조 불상으로 약사여래불이었으나 2002년 보수를 거쳐 손 모양이 지권인(智拳印)으로 바뀌어 현재는 비로자나불이다.

경북지역에서는 보기 드문 철불로서 머리 부분은 몸에 비해서 작은 편이며 우아하면서도 침착하고 갸름한 인상을 풍기는 얼굴에 이

마는 넓고, 반쯤 감은 눈은 눈초리가 위로 휘어진 것처럼 치켜 올라가 있으며 목에는 삼도(三道)가 있다. 어깨가 딱 벌어진 건장하고 장대한 신체, 양감 있는 가슴, 결가부좌한 의젓한 앉음새, 탄력성 있는 다리 등은 통일신라 후기 불상으로서는 좀처럼 보기 드문 기량을 잘 나타내고 있다. 왼쪽 어깨를 감싸고 있는 옷은 어깨에서 내려오는 옷주름이 비교적 힘이 있어 보이고 자연스럽게 처리되었으나, 팔과 두 무릎의 주름에서는 형식화된 모습을 보이고 있다. 조성연대는 조각의 수법이 장흥 보림사 철조 비로자나불좌상이나 철원 도피안사 철조 비로자나불상(경문왕 5년(865))보다 앞선 양식을 보이고 있고 법당 앞의 삼층석탑 제작연대를 볼 때 조성시기는 9세기 후반으로 추정된다.

석 불

::경주지역의 석불

▌경주 삼릉계 석불좌상(보물 제666호)

이 석불좌상은 경주 남산 삼릉 계곡의 왼쪽 능선 위에 있으며 머리는 나발(螺髮)이며, 정수리 부근에는 큼직한 육계(肉髻)가 있다. 얼굴은 풍만하고 둥글며, 두 귀는 짧게 표현되었다. 우견편단의 옷주름선은 간결하게 표현되었다. 1917년 이전 이미 불상의 불두는 땅에 떨어져 있던 것을 1923년에 복원하였으며 광배(光背)는 1970년대 후반 불상 뒤로 넘어져 크게 파손된 상태로 현재 있다. 허리는 가늘고 앉은 자세는 안정감이 있다. 대좌(臺座)는 상·중·하대로 구성되었는데, 상대에는 화려한 연꽃무늬를 조각하였으며, 8각 중대석은 각 면에 간략하게 안상(眼象)을 조각하였다. 하대는 단순한 8각 대석으로 되어 있다.

8각의 연화대좌에 새겨진 연꽃무늬와 안상을 비롯하여 당당하고 안정된 자세 등으로 보아 9세기 초에 만들어진 통일신라시대의 작품으로 보인다. 2008년 4월 현재 국립경주문화재연구소에서 주변 발굴 조사 중에 있다.

경주시 내남면 노곡리 백운암 동편의 경주남산 자락의 침식곡에 있는 이 불상은 현재 머리 부분이 없어졌으나 나머지 부분들은 대체로 잘 남아 있다. 이곳은 예전부터 심수골 석수암터로 불리던 곳이다.

이 불상은 대좌(臺座)와 함께 넘어져 있었는데 마을 신도들이 힘을 모아 이 자리에 세워 놓았다. 불상의 목에는 삼도(三道)가 선명하게 표현되어 있다. 오른쪽 어깨를 드러내고 왼쪽 어깨에만 걸친 옷에는 계단식의 옷주름이 새겨져 있다. 왼손은 손바닥을 보이며 배에 대고 있고, 오른손은 무릎 위에 얹었는데 손등이 보이면서 손끝은 땅을 향하게 하고 있는 항마촉지인(降魔觸地印)이다.

대좌는 이중 연화대좌로 상대·중대·하대의 세 부분으로 이루어져 있다. 상대에는 앙련이 새겨져 있고, 중대는 8각형으로 아무런 무늬가 없다. 하대에는 복련이 조각되어 있다. 하대석의 꽃잎은 무늬 없이 소박하고 상대석의 꽃잎은 보상화로 장식되어 화려하다.

이 불상은 가슴 등 신체 형태에서 8세기 초 양식을 충실히 반영하고 있으나 직각으로 각이 진 어깨, 계단식 옷주름, 상대석의 연꽃무늬 장식 등으로 미루어 9세기 초에 만들어진 작품으로 추정된다.

▌경주 열암곡 석불좌상(경상북도 유형문화재 제113호)

경주시 내남면 노곡리의 절터에 있는 불상으로, 2005년 10월 불두가 인근 계곡에서 발견되었다. 신체는 늘씬한 편이고, 양 어깨에 걸쳐 입은 옷은 얇게 표현되었으며 옷주름은 비교적 세련된 모습이다. 왼손은 손바닥을 보이며 손끝이 위로 향하게 들고 있고, 무릎 위에 얹은 오른손은 손등이 보이면서 손끝은 땅을 향하게 하고 있다. 대좌(臺座)의 아랫부분에는 복련이 새겨져 있고, 윗부분에는 앙련이 새겨져 있다. 대좌의 연꽃무늬 장식과 굴곡이 없이 늘씬한 신체, 옷주름의 세련된 기법 등으로 미루어 보아 통일신라 9세기 초에 만들어진 작품으로 추정된다.

　　2008년 4월 현재 국립경주문화재연구소에서 발굴조사 작업 중에 있으며 2007년 5월 22일에 대형 마애불상이 인근에서 발견되어 주목되고 있다.

■ 영지 석불좌상(경상북도 유형문화재 제204호)

경주시 외동읍 괘릉리 영지암 이라는 절 입구에 있다. 대좌(臺座)와 광배(光背)가 있는 불상으로 광배 일부와 머리 부분은 심하게 마멸되어서 형태를 알아보기 어렵다.

건장한 신체와 허리, 부피감 있는 무릎 표현 등에서 통일신라 양식을 잘 나타내고 있다. 오른손은 손끝이 땅을 향하게 하며, 왼손은 왼쪽 무릎 위에 놓고 손바닥이 밖을 향한 항마촉지인(降魔觸地印)이다. 8각형의 섬세하고 고운 연꽃대좌와 불신과 같이 하나의 돌에 새겨진 광배에는 번잡한 화염문(火焰文) 안에 화불(化佛)이 화려하게 새겨져 있으며 조성연대는 8세기 말에서 9세기 초로 추정된다.

▌경주 벽도산 석불입상(경상북도 문화재자료 제5호)

경주 벽도산(碧桃山) 동쪽 능선에 있는 이 불상은 머리에는 육계(肉髻)를 갖추고 목에 삼도(三道)를 나타내었다.

옷은 양쪽 어깨에 걸친 통견(通肩)으로 가슴에서 무릎까지 반원형의 층단을 이루며 흘러내리고, 바지 자락이 발목을 덮은 듯하다. 발 밑은 깨어져 확인할 수 없으나 대좌(臺座)를 따로 만들지 않고 불상을 조각하고 남은 돌을 이용한 것으로 보인다. 양 어깨에 걸친 옷의 모습 등의 조각수법으로 보아 9세기 후반의 불상으로 추정된다.

▌경주 노서동 석불입상(경상북도 문화재자료 제11호)

삼랑사(三郞寺) 남쪽 남항사(南巷寺) 터에 있었던 석불로 추정되는 이 석불은 전설에 의하면 남항사는 신라 효소왕 때 삼랑사 주지 경흥(憬興)이 병이 들었는데, 한 여승이 11가지 보살 모습으로 나타나 해학적인 춤을 추는 것을 보고 병이 낫게 되었다고 한다. 그 여승이 사라진 곳으로 전한다.

이 불상은 얼굴이 파손되어 알아볼 수 없으며, 발목 부분은 땅에 묻혀 있고 광배(光背)가 표현되어 있다. 가는 허리와 당당한 어깨 옷주름의 등의 조각수법으로 보아 통일신라 9세기 후반의 전형적인 석불로 추정된다.

■경주 서부동 석불좌상(경상북도 문화재자료 제12호)

현재 국립경주박물관에 야외에 있는 이 석불은 1992년에 옮겨졌으며, 원래 경주시 서부동 사방관리소 정원에 있었다. 불상은 언제 어디서 옮겨왔는지 알 수 없으나 일제 강점기 사방관리소 자리에 서경사(西慶寺)라는 절이 있었다고 한다.

현재 불두는 없지만 형태가 완전한 편이며, 대좌(臺座)와 광배(光背)는 없으나 양 발을 무릎 위에 올려 발바닥이 하늘을 향한 자세로 앉아 있는 모습이며 수인(手印)은 오른손을 무릎 위에 올려놓은 항마촉지인(降魔觸地印)이다. 한 손에 약합과 비슷한 물건을 들고 있어 약사여래불로 추정된다.

　　옷주름 윤곽이 없는 것과 겨드랑이를 파낸 조각수법으로 보아 조성연대는 9세기 후기로 추정된다.

▌경주 안계리 석조석가여래좌상(경상북도 문화재자료 제92호)

　　경주시 강동면 안계리 사골마을 서쪽에 위치해 있으며 불상 높이 150㎝, 어깨 폭 84㎝, 무릎 폭 120㎝이다.

　　얼굴은 원만한 인상이고 목에는 삼도(三道)가 뚜렷하며 왼쪽 어깨를 감싸고 있는 옷은 얇게 밀착 표현하였다.

수인(手印)은 왼손은 손바닥이 위로 오도록 하여 다리 위에 놓고 오른손은 무릎 아래로 늘어뜨리고 있는 항마촉지인(降魔觸地印)으로 양 발을 무릎 위에 올리고 발바닥이 하늘을 향한 자세로 앉아 있는데 비교적 균형이 잘 잡힌 모습이다. 1999년에 위덕대학교 박물관에서 '안계사(安溪寺)'라고 찍힌 기와를 발견해 안계사지임을 알 수 있으며, 2002년 3월 조계종 문화유산발굴조사단의 주변 발굴 조사 결과 정면 3칸, 측면 2칸 규모의 건물터와 연화하대석 및 지대석, 조선시대 분청사기, 백자 등이 발견됐다. 2004년 8월 2일 화재로 인해 일부 크게 손상되었으나 2007년 발굴조사 이후 복원하여 주변이 정비되어 있다. 제작시기는 허리가 가늘고 가슴과 어깨가 발달한 모습 등의 조각수법으로 보아 9세기 후기로 추정된다.

■ 경주 활성리 석불입상(경상북도 문화재자료 제96호)

경주시 외동읍 활성리 연지암에 있는 이 석불은 원래 노천에 있었던 것을 1987년 대웅전으로 옮겨 놓았다.

주형 모양의 타원형 광배(光背)에 입상의 여래상을 표현한 것으로 높이 153㎝, 어깨 폭 46㎝, 광배 높이 190㎝이다. 머리 위에는 육계가 있고, 귀는 매우 길게 표현되어 있다. 체구는 균형이 잡혀 당당한 모습이며, 신체에는 양 어깨를 감싸고 있는 옷을 표현하였다. 불신 뒤에는 광배를 나타냈는데, 두광(頭光)과 신광(身光)을 도

드라지게 새기고 바깥 부분에 화염
문(火焰文)을 새겨 넣었다. 왼손에
는 약합을 들고 있어 약사여래로
보인다.

이 불상은 법상종의 미술인 서역
계통의 조각 양식을 보이고 있고
조각수법은 감산사 석조 아미타여
래입상과 같은 계통으로 제작연대
는 9세기 후반으로 추정된다.

■ 경주 근계리 입불상(경상북도 문화재자료 제98호)

경주시 안강읍 근계리 용화사에 있는 이 불상은 원래 용화사에서
서쪽으로 약 400m 떨어진 무릉산 밑에 나막골이라는 곳에 노천에
있었다고 전한다. 근래에 용화전을 수리하여 옮겨 보호하고 있다.

높이 176㎝의 불상으로 주형광배 앞면에 정면으로 꼿꼿이 서 있
는 여래상을 매우 도드라지게 새겼으며, 현재 머리 부분 및 광배
윗부분이 없어진 것을 보수하였다.

긴 얼굴에 세모꼴의 코, 작은 입, 짧은 귀 등이 표현되어 독특한 인상을 풍긴다. 몸통과 옷은 간결하게 도식적으로 표현하였으며, 불신 뒤 광배(光背)에는 아무런 무늬도 새기지 않아 밋밋하다. 이 불상에서 특징적인 것은 광배 뒷면에 아래에 3층탑이 조각되어 있다는 점인데 여기에는 여래좌상이 새겨져 있다.

전체적인 신체가 고부조인 데 반하여 광배 문양 일부 생략되고 여러 가지로 어색한 점 등의 조각수법으로 보아 제작된 시기는 9세기 중엽으로 추정된다.

::경북 중부지역의 석불

■ 직지사 석조약사여래좌상(보물 제319호)

경북 김천시 직지사 성보박물관에 현재 모셔져 있으며 광배(光背)와 불상을 하나의 돌로 만들었다. 머리는 민머리이고 육계(肉髻)가 큼직하게 표현되었다. 얼굴은 마모가 심하나 둥글고 풍만한인상이다. 법의(法衣)는 오른쪽 어깨를 드러내고 왼쪽 어깨에만 걸쳐 입고 있는 우견편단(右肩偏袒)으로 평행 계단식의 옷주름이 표현되어 있다. 좁은 어깨에 삼도(三道)가 표현되어 있으며, 오른손은 무릎 위에 올려 손끝이 아래를 향하고 있고, 왼손에는 약항아리를 들고 있다. 주형거신광배(舟形擧身光背) 안에는 두광(頭光)과 신광(身光) 구분하여 당초무늬를 돌리고 외연부에는 불꽃무늬를 배치했다.

조각 수법과 약사신앙이 유행하던 것으로 미루어 보아 통일신라 후기 9세기 후반의 작품으로 추정된다.

▪청암사 수도암 석조비로자나불좌상(보물 제307호)

경북 김천시 증산면 수도리 청암사 수도암 대적광전에 모셔진 높이 2.51m의 석조불상이다. 이 불상은 민머리에는 육계(肉髻)가 작지만 분명하게 표현되었다. 얼굴은 네모형에 가깝고 풍만하고, 긴 눈·작은 입·평평한 콧잔등에서 위엄 있는 모습을 살펴볼 수가 있다. 옷은 양 어깨에 걸쳐 입고 있으며 옷주름은 느슨하고 형식적으로 표현되었다.

손은 왼손 검지를 오른손으로 감싸고 있는 지권인(智拳印)으로 매우 사실적으로 묘사하였으며 단정하고 강인한 느낌을 준다. 거구의 불상이면서도 불안정한 모습을 보여주는 것은 당시 시대 양식의 반영인 것 같다. 대좌(臺座)는 크게 3부분으로 구성되어 있는데 아래쪽은 연꽃을 엎어 놓은 모양으로 8각형을 이루고 있다. 맨 위에는 반원형에 가까운 연꽃이 2줄로 교차되어 있고, 앞면에 3

마리의 사자상과 용머리 같은 것이 새겨져 있어 독특하다. 전체적으로 정제되고 균형 잡힌 모습을 나타내는데, 위축되고 긴

장감이 감소하며 탄력이 줄어든 점 등으로 볼 때 9세기 후반에 만든 작품으로 추정된다. 대적광전 오른쪽 약광전에는 고려 초기의 작품으로 추정되는 보물 제296호인 석불좌상이 있다.

■옥률리 석조아미타여래입상(경상북도 문화재자료 제311호)

경북 김천시 어모면 옥률리 문암사 극락전에 모셔져 있는 아미타여래입상이다. 원래는 마을 뒤에 방치되어 있던 것을 도현 스님이 사찰을 세워 극락전에 안치하였다고 한다. 하나의 돌에 불상과 광배를 함께 조각하였는데, 전체적으로 불상이 기울어져 있고 아랫부분은 시멘트에 묻혀 있어 형태를 알 수 없다. 수인(手印)은 오른손은 아랫배에 내려져 있고, 왼손은 별도의 돌로 끼우게 되었으나 지금은 없어졌다. 전체적으로 많이 닳아 세부 표현을 자세히 확인할 수 없으나 통일신라 9세기 중엽에 만들어진 것으로 추정된다.

■성주 금봉리 석조비로자나불좌상(보물 제1121호)

경북 성주군 가천면 금봉리 산11-2에 있으며 비로자나불을 형상화한 것으로 대좌(臺座)와 광배(光背)를 모두 갖추고 있는 석조불상이다. 머리 위에는 널찍한 육계(肉髻)가 있으며 얼굴은 둥글고 단정한 인상이다. 단아한 체구에 양 어깨를 감싼 옷은 부드럽게 흘러내리고 있으며, 높직한 무릎으로 인하여 신체는 안정감이 있어 보인다. 손모양은 왼손 검지를 오른손으로 감싸 쥔 지권인(智拳印)이다. 광배는 두광(頭光)과 신광(身光)을 구분하였는데, 두광에는 연꽃무늬를 신광에는 화염문(火焰文)과 화불(化佛)을 세밀하게 조각하였다. 대좌는 상대·중대·하대로 이루어진 8각 원당형 대좌로 사자와 구름무늬를 새겨 넣었다.

중대의 북 모양이나 상대·하대에 새겨진 연꽃무늬는 표현기법에서 대구 동화사 석조비로자나불상(보물 제244호)의 양식을 이어받은 9세기 후반의 작품으로 보인다.

경북 구미시 해평면 해평리 보천사 대웅전에 모셔져 있으며, 광배(光背)와 대좌(臺座)가 모두 있는 석불좌상이다.

육계(肉髻) 표현이 분명하지 않은 머리에는 나발(螺髮)의 머리칼을 새겼으며, 얼굴은 작고 둥근 편인데 눈, 코, 입이 작게 표현되었다. 수인(手印)은 항마촉지인(降魔觸地印)으로 얇게 표현한 통견의(通肩衣)를 입고 있다. 광배는 약간의 손상을 입었을 뿐 완전한 모양인데 연꽃무늬의 두광(頭光)과 보상화 무늬의 신광(身光)은 두 줄

로 구분되어 있으며 작은 다섯 화불(化佛)이 있는데 정상에 삼존 화불과 두광과 신광 주위에 네구의 화불, 외연부 테두리의 화염문(火焰文) 등은 섬세하고 화려한 9세기의 석불 광배 양식을 잘 보여주고 있다.

대좌는 팔각 연화대좌로 사각 지대석상에 하대석이 있는데 하대는 안상석과 복련석으로 구성되어 있으며, 안상 양측에는 운문과 비슷한 조각이 표현되어 있어 주목된다. 중대석도 8각으로 모두 양 우주가 각출되고 각 면에 조식이 있는데 비천상 등 그 조각은 여러 가지이다. 또한 하대의 복련과 8각의 중대 각 면에 새긴 조각, 상대의 앙련 등의 조각으로 보아 9세기 중엽의 석불로 추정된다.

■ 상주 증촌리 석불입상(보물 제118호)

경북 상주시 함창읍 증촌리의 용화사에 모셔져 있는 이 불상은 현재 석불좌상(보물 제120호)과 함께 있으며, 광배(光背)와 불상이 하나의 돌로 조각된 높이 1.98m의 석불입상이다.

불상의 머리는 확실히 구별할 수 없지만 민머리처럼 보이며, 정수리 부근에는 육계(肉髻)가 큼직하게 솟아 있다. 얼굴은 길고 풍만한 모습으로 이목구비가 뚜렷하지 않지만 단정한 인상으로 표현되어 있다. 손 모양은 왼손은 가슴에서 내장(內掌)하였으며 오른손은 배 아랫부분에 대고 있는 독특한 자세를 하고 있다. 체구는 단정하며, 양 어깨에 걸쳐 있는 옷자락은 U자형을 그리며 간결하게 표현되어 있다.

주형광배(光背)는 많이 마모되어 가장자리에 새겨진 화염문(火焰文)만 희미하게 확인할 수 있다. 단정한 체구에 다소 경직되고 현실적인 면이 보이는 불상으로 조각수법으로 보아 통일신라 후기 9세기 석불로 추정된다.

■상주 증촌리 석불좌상(보물 제120호)

경북 상주시 함창읍 증촌리 용화사에 모셔져 있는 높이 1.68m의 석불좌상이다. 머리는 육계(肉髻)가 없으며 위가 평평하고 거의 네모형의 얼굴 형태를 하고 있으며, 어깨와 팔, 다리 등 신체 각 부분이 직선적이고 각이 진 모습이어서 전체적인 인상이 강인하며 경직된 느낌을 준다.

목에는 삼도(三道)가 있고 양 어깨를 감싸고 있는 옷은 신체에 밀착하여 얇게 표현되었다. 손 모양은 오른손은 무릎에 대고 있으며 왼손에는 배 앞에서 약그릇을 들고 있어 약사여래불로 보인다.

광배(光背)는 없는 걸로 알려져 있었으나 2004년 10월 10일 용화사 보수 공사를 하는 과정에서 두 조각난 광배를 발견했다. 절 앞마당에 깔려 있는 돌을 옮기던 중, 돌의 이면에 화염문과 후광 등이 조각돼 있는 것이 나타난 것이다. 두 조각 중 가로 114.9㎝, 세로 115.2㎝인 아랫부분은 연자방아의 아랫돌로 사용됐으며, 가로 112.9㎝, 세로 108.0㎝인 윗부분은 마당에 엎어진 채 방치돼 있었다.

등 면에는 광배를 꽂았던 구멍이 남아 있어 이 광배로 확인되었다. 대좌는 8세기 중엽부터 많이 나타나는 8각의 연꽃무늬 대좌로 안정감이 느껴진다. 상대에는 16엽의 연화문이 조각되어 있으며, 중대에는 모서리마다 우주(隅柱)가 표현되어 있으며, 하대에는 복련의 연화문이 표현되어 있다. 수평으로 길게 뜬 눈, 미소가 거의 없는 작은 입, 군살 붙은 턱 등의 조각수법으로 보아 9세기 후반의 불상으로 추정된다.

:: 경북 북부지역의 석불

■ 안동 안기동 석불좌상(보물 제58호)

경북 안동시 안기동 석불사 약사전에 있으며, 현재 불상의 머리는 후대에 새롭게 붙여 놓은 것으로 발견 당시에는 몸과 대좌만 있었다고 한다. 대좌 역시 원래 불상과 같이 있던 것인지는 확실하지

않다. 비록 원래의 모습이 많이 없어지고 보존 상태도 그리 좋지
못하나 세부의 조각수법이 우수하고 안정된 자세를 취하고 있다.

양 어깨에 걸쳐 입고 있는 옷은 소매 하나까지 매우 사실적으로 표현하였고, 짤막하게 이어진 옷주름 역시 활달한 모습이다. 수인(手印)은 항마촉지인(降魔觸地印)이다. 대좌의 문양과 균형 잡힌 자세나 둥글게 처리된 어깨의 부드럽게 흘러내린 옷주름의 유려한 선 등 힘 있고 사실적인 조각으로 보아 9세기 후반의 불상으로 추정된다.

■ 마애 석조비로자나불좌상(경상북도 유형문화재 제17호)

경북 안동시 풍산읍 마애리 소나무 숲 사이에 있는 이 불상은 오랫동안 노천에 있어 얼굴 부분의 마멸이 심하다.

머리에는 육계(肉髻)가 낮게 솟아 있으며, 다소 갸름한 얼굴은 이목구비가 정연하다. 신체는 균형을 이룬 모습인데, 손 모양은 왼손 검지를 오른손으로 감싸고 가슴에 모으고 있다.

양 어깨를 감싼 옷은 몸에 밀착되어 신체의 윤곽이 잘 드러나며, 배 부근에는 띠매듭이 표현되었고, 두 팔에 걸쳐 평행 옷주름이 조각되어 있다. 8각형의 대좌는 상·중·하대와 지대석으로 이루어졌는데, 상대에는 연꽃이, 중대 각 면에는 보살좌상이, 하대에는 복련이 조각되어 있다. 또한 지대석 각 면에는 안상(眼象) 안에 사자 등 동물상 등이 도드라지게 표현되었다.

이 불상은 통일신라 후기에 유행한 석조 비로자나불상의 양식적 특징을 보여주는 작품으로서 9세기 중엽에 만들어진 것으로 추정된다.

경북 안동시 서후면 태장리 봉정사 경내에 있는 이 불상은 원래 안동시 월곡면 미질동에서 발견된 것으로 안정사에 보관되어 있었던 것인데, 안동댐 건설로 인해 안정사가 없어지면서 1973년에 현 봉정사로 옮겨 보관하고 있다.

　예전에는 극락전 법당 뒤편에 가려 있고 일반인들에게 잘 공개하지 않아 알려지지 않았으나 현재는 극락전 옆 노천에 모셔져 있다. 금가루가 칠해져 있어 자칫 금동불상으로 오해를 받기도 하였으나 다 벗겨지고 일부만 남아 예전의 모습을 엿보게 한다. 얼굴은 둥근 형이며 옷은 양 어깨에 걸쳐 입고 있는데, 가슴 부분에 표현된 띠 매듭 모양이 잘 남아 있다. 손은 오른손을 무릎 위에 올리고 손가락이 아래로 향한 모습의 항마촉지인(降魔觸地印)이다. 옥동 삼층 석탑 옆 머리 없는 석불좌상과 석수암 석불좌상과 조각수법이 유사한 것으로 보아 9세기 후반의 불상으로 추정된다.

▪영주리 석불입상(보물 제60호)

경북 영주시 영주 도서관에 있는 이 석불은 1917년 가흥동 남산 들 제방공사 도중에 발견되어 영주 초등학교 앞 도로 중앙에 옮겨 져 있다가 현재 위치로 다시 옮겨져 있다. 전체 높이 239㎝, 불상 높이 188㎝이다.

광배와 불상이 하나의 돌에 조각된 완전한 형태로 목은 굵고 넓 은 둥근 어깨는 당당한 모습이다. 넓적한 네모진 형의 얼굴, 특히 두꺼운 입술의 표현은 인근 영주 가흥리 마애삼존불상(보물 제221 호), 영주 석교리 석불상(보물 제116호) 등과 유사한 것으로 지역적

인 공통성이 있어 보인다. 걸치고 있는 옷은 왼쪽 겨드랑이에 표현된 지그재그형의 매듭이 특징적이라 하겠다. 광배(光背)는 선이 날카로우며, 두광(頭光)과 신광(身光)을 구분해 주는 곡선이 분명하게 처리되어 있다. 건장한 체구와 강한 힘을 느껴지며 표현이 세련되거나 화려한 느낌은 없지만 신체 특징과 조각수법으로 볼 때 통일신라 후기 9세기 작품으로 추정된다.

▌영주 석교리 석불상(보물 제116호)

경북 영주시 순흥면 석교리에 있으며 현재 양팔은 없어졌으나 매우 생동감이 느껴지는 사실적인 작품이다.

나발(螺髮)의 머리에는 육계(肉髻)가 큼직하게 솟아 있고, 세련된 얼굴은 둥글고 우아한 모습이다. 목에는 삼도(三道)가 뚜렷하며, 신체는 몸에 꼭 붙은 오른팔이나 처진 어깨 등에서 다소 어색하고 해이해진 모습이 보이지만, 넓은 어깨와 잘록한 허리, 양감 있는 다리에서 생동감이 그대로 드러난다. 양 어깨를 감싸고 있는 옷은 자연스럽게 흘러내리고 있으며, 옷깃은 굵은 선으로 둥글게 표현하였다. 특히 양 다리에서는 각각 동심타원형의 주름을 표현하고 있는데, 이는 경주지역 삼국시대 불상에서 볼 수 있는 독특한 표현기법이다.

이 불상은 긴장감 넘치고 우아하며 세련된 특징을 보여주는 작품으로 영주리 석불입상에 이어지는 작품으로 통일신라 9세기에 만들어진 것으로 추정된다.

■영주 북지리 석조여래좌상(보물 제220호)

이 불상은 원래 부석사 동쪽 산 너머 절터에 있었던 것을 부석사로 옮겨온 것으로서 현재는 부석사 자인당(慈忍堂)에 모셔져 있다.

중앙의 불상은 광배(光背)가 없어졌으며 손모양은 항마촉지인(降魔觸地印)을 하고 있다. 머리와 신체는 다시 복원된 것으로 보이며 대좌(臺座)는 상대석에 앙련 중대석에는 안상에 공양자상이 새겨져 있고 하대석은 복련이며, 지대석에는

향로와 사자상 등이 새겨져 있다. 9세기 후기 불상으로 추정된다.

동쪽의 여래상은 얼굴이 타원형이며, 약간의 미소를 머금은 흔적이 있다. 두 팔이 가슴 쪽으로 올라가 있어 왼손 검지를 오른손으로 감싸 쥔 지권인(智拳印)을 취하고 있는데 후에 보수된 것이다. 양 어깨를 감싸고 있는 옷에는 당시 유행하던 얇게 빗은 듯한 촘촘한 평행의 옷주름이 표현되었다.

결가부좌한 다리 앞에 조각되던 부채꼴 모양의 주름이 이 상에서는 상주 증촌리 석불좌상에서와 같이 대좌의 윗면에 새겨져 있어 특이하다. 광배에는 두광에 삼존화불 1, 신광에 삼존화불 2, 외연부에는 화염문(火焰文)이 새겨져 있다.

대좌의 가운데 부분은 8각인데 각 면에는 팔부중상(八部衆像)을 조각하였다.

서쪽의 여래상은 동쪽의 여래상보다 좀 더 풍만하며 육체의 선들도 부드러운 편이나 표면 마멸이 조금 심하며 머리 위는 육계와의 구분이 잘 안 될 정도로 부풀게 표현되어 있다. 입술에는 약간의 채색 흔적이 남아 있다.

광배에는 두광에 삼존화불 1, 신광에는 화불 6, 외연부에는 화염문(火焰文)을 장식하였다. 대좌에는 지대석에 사자상이 조각되어 있다. 이 불상들은 영천 화남동 석불좌상과 비슷한 9세기 후반에 불상으로 추정된다.

▋흑석사 석조여래좌상(보물 제681호)

경북 영주시 이산면 석포리 흑석사 부근에 매몰되어 있던 것을 발굴하여 1970년대에 흑석사 마애삼존불(경상북도 문화재자료 355호) 앞에 옮겨 모셔 놓은 이 불상은 대좌(臺座)와 광배(光背)는 인근에 따로 있다.

　　나발(螺髮)의 머리에 육계(肉髻)는 둥글고 크게 표현되었고, 얼굴은 전체적으로 미소가 감돌고 있다. 양 귀는 긴 편이며 목에는 삼도(三道)가 표현되었다. 신체는 안정감이 있어 보이지만 어깨가 약간 움츠러들었고, 무릎은 보수하였는데, 폭이 좁아진 점 등에서 통일신라 후기의 특징이 나타난다. 양 어깨를 감싸고 있는 얇은 옷의 통견(通肩)은 자연스러운 주름을 형성하며 양 발 앞에서 부채꼴 모양으로 흘러내리고 있다. 수인(手印)은 항마촉지인(降魔觸地印)을 하였고 왼손에는 후대에 만든 작은 약합이 놓여 있다.

　　대좌(臺座)는 불상의 옆으로 조금 떨어진 위치에 탑재와 뒤섞여 방치되고 있는데 8각으로 상대석이 없고 중대석·하대석만 남아 있다. 하대석에는 연꽃무늬가 장식되어 있다.

광배(光背)는 두광(頭光)과 신광(身光)을 구분해서 연꽃무늬와 구름무늬를 표현했으며, 가장자리에는 화염문(火焰文)을 도드라지게 새겨 넣었다. 전체적인 조각수법과 대좌와 광배의 표현으로 미루어 9세기 중엽의 작품으로 추정된다.

■ 비로사 석아미타 및 석비로자나불좌상(보물 제996호)

경북 영주시 풍기읍 삼연리 비로사 적광전에 아미타불좌상과 함께 석조 비로자나불좌상이 있다. 원래는 광배(光背)와 대좌(臺座)를 모두 갖추고 있었으나 광배는 깨진 채 버려졌다. 1986년에 두 불상을 다시 금칠하여 현재의 불상은 원래의 것과 전혀 다른 느낌이 든다.

아미타불은 높이 1.13m로 원만한 얼굴과 당당한 어깨로 현실적 사실주의가 잘 반영되어 있다. 옷은 왼쪽 어깨만을 감싼 형태이며, 손은 가볍게 주먹을 쥔 상태에서 손바닥을 위로 하고 양손의 엄지와 검지를 약간 둥글게 맞대고 있는 상품상생의 미타정인 수인(手印)을 한 아미타여래는 왼편에 결가부좌한 상태로 앉아 있다.

비로자나불은 높이 1.17m로 단정한 얼굴과 안정된 신체의 형태로 아미타불과 같이 현실적 사실주의를 잘 나타내고 있다. 양 어깨를 감싼 옷은 얇게 빚은 듯한 평행계단식 주름으로 자연스럽게 보인다. 손은 왼손 검지를 오른손으로 감싼 지권인(智拳印)을 하고 있으며 우측에 앉아 있다. 광배였을 것으로 추정되는 편이 진공대사탑비 앞쪽에 석등의 부재들과 같이 놓여 있어 주목된다.

　　두 불상은 단아하면서도 선의 특징, 몸의 자세 등이 대체적으로
9세기 후반 석불과 비슷하고, 동시에 나란히 아미타·비로자나불이
같이 있다는 점에서 9세기 통일신라 화엄불교의 특징을 보여주는
귀중한 작품이다.

■영주 읍내리 석불입상(경상북도 유형문화재 제125호)

경북 영주시 순흥면 읍내리에 있는 이 여래입상은 원래는 인근 절터 부근에 있었던 것을 현재 순흥면 사무소에 옮겨져 있다.

불두(佛頭)를 잃어 목 부위까지 없어졌으며, 광배(光背)와 대좌(臺座)도 잃어버린 상태이나 전체적으로는 양호한 편이다.

넓은 어깨와 양감 있는 신체에서는 강건함과 탄력성이 느껴지며 양손은 위치상으로 볼 때 오른손은 아래로 내려 여원인(與願印)을 짓고 있으며, 왼손은 팔이 잘렸지만 앞으로 들어 시무외인(施無畏印)을 했던 것으로 보인다.

목에는 뚜렷한 삼도(三道) 표현이 남아 있고 통견(通肩)의 불의는 배까지 U형의 주름을 형성하며 흘러 내리다가 두 다리에서는 두 개의 동심타원형으로 이어지는 모습인데 이러한 옷주름의 표현은 석교리 석불상 등 통일신라시대 불상에서 흔히 잘 보이는 특징이다. 옷자락 등 조각솜씨로 볼 때 사실주의 경향이 보이는 9세기의 작품으로 추정된다.

■영주 상망동 석불좌상(경상북도 문화재자료 제277호)

이 불상은 원래 있던 곳이 어딘지 알 수 없으나, 휴천동 동부초등학교 교정에 있던 것을 1985년에 현 신흥사로 옮기면서 머리가 없어진 것을 새로 만들어 붙였다.

양 발을 무릎 위에 올리고 발바닥이 하늘을 향한 자세로 앉아 있으며, 옷은 양쪽 어깨에서 팔 아래로 흘러내려 다리를 감싸고 있다. 대좌(臺座)는 본래의 것인지 알 수 없으나 상대·중대·하대가 모두 8각으로 되어 있으며, 중대석과 하대석의 측면에는 안상(眼象)이 새겨져 있다. 전체적인 조각수법으로 보아 9세기 후반에 만들어진 것으로 추정된다.

■ **고운사 석조석가여래좌상(보물 제246호)**

　경북 의성군 단촌면 구계리 고운사에 있는 이 불상은 원래 극락전 안에 봉안되었다고 하나 정확히 알 수 없으며, 현재는 약사전에 모셔져 있다. 광배(光背)와 대좌(臺座)를 모두 갖추고 있으며, 손상이 거의 없는 형태의 불상으로 선각국사(先覺國師)가 조성하였다고 전한다.

　머리는 나발(螺髮)이며, 네모난 얼굴에 눈·코·입을 작게 표현하였다. 가슴이 발달하고 허리가 잘록하지만, 약간 치켜 올라간 어깨로 인해 불안정한 자세를 드러내고 있다. 수인(手印)은 항마촉지인(降魔觸地印)을 취하고 있어 석가여래를 표현하였으나 한 손에 무엇인가를 들고 있었을 가능성도 있어 약사여래불로 보기도 한다. 왼쪽 어깨를 감싸고 있는 우견편단은 규칙적인 평행의 옷주름이 나타나며, 다리와 팔 등에서는 도식적으로 표현되었다.

광배는 끝이 날카로운 주형 거신광배이다. 두광(頭光)과 신광(身光)에는 연꽃과 덩굴무늬 등을 표현하였고, 가장자리에는 화염문(火焰文)을 표현하였다. 대좌는 상·중·하대로 이루어졌는데, 상대석은 앙련(仰蓮)이 표현되었다. 8각의 중대석은 모서리를 기둥 모양으로 장식하였고, 하대석은 복련(伏蓮)으로 되어 있다.

이 불상은 광배와 대좌에서 나타나는 화려하고 섬세한 특징 등 조각수법으로 보아 9세기 불상으로 추정된다.

■ 의성 관덕동 석불좌상(경상북도 유형문화재 제136호)

이 불상은 관덕동 삼층석탑(보물 제188호)과 함께 남아 있는 높이 98㎝의 석불좌상이다. 현재 정면 1칸, 측면 1칸 작은 전각에 보존되고 있으나 문이 잠겨 있다.

목 부분이 절단되었고 대좌(臺座)와 광배(光背)는 보이지 않는다. 전하는 말로는 이곳에 사운사(獅雲寺 또는 思雲寺)가 있었던 곳이라 한다.

이 석불은 일반적인 화강암이 아니라 사암제(砂巖製)라는 점이 특징인데 통일신라 독립된 원각 석조 보살상 가운데 가장 규모가 크고 조각이 뛰어나다.

현재 머리의 나발(螺髮)은 마멸이 심해 분명치 않으며 이것은 원래의 것은 아니다. 육계가 팽이처럼 작게 표현되어 있고 귀가 작으며 눈과 코끝이 파손되어 원래의 모습을 잃고 있다. 목에는 삼도(三道)가 있으며 천의(天衣)는 몸에 얇게 밀착시켜 양 어깨에서 아래로 드리우면서 손목을 감고 가슴에 영락(瓔珞)을 둘렀는데 자락을 배 밑 부분까지 연결하여 장식하고 팔목에는 쌍 팔찌를 끼는 등 보살상을 나타낸 것으로 보인다. 손은 대부분의 손가락이 망실된 오른손은 들어서 시무외인(施無畏印)을 결하고 있으며, 왼손은 손바닥이 위로 하고 무엇을 쥔 채 왼쪽 무릎 위에 얹고 있는데 자세하지 않다. 자세히 관찰하지는 못했으나 석불 뒷면 가운데에 정방형의 광배 접합 구멍이 1개 있다고 한다. 보수한 흔적은 많으나 전체 균형과 옷자락 표현기법 등 조각수법으로 보아 통일신라시대 후기 9세기의 작품으로 추정된다.

■의성 정안동 석조여래입상(경상북도 유형문화재 제175호)

경북 의성군 단북면 정안리에 있는 불상으로 도로에서 약 80m 정도의 작은 구릉을 지나야 볼 수 있다.

얼굴은 풍만하며 나발(螺髮)의 머리에 육계는 작고, 미간에 백호공(白毫孔)이 보인다. 커다란 신체에 비해 어딘지 모르게 어색한 자세를 취하고 있다. 도톰한 입술은 굳게 다물었고 양쪽 눈과 콧등, 오른쪽 귀는 마모되었으나 왼쪽 귀는 목 부분까지 길게 늘어뜨려져 있다. 목에는 삼도(三道)가 표현되어 있으며, 목이 부러졌던 것을 접착시켰고 네모진 얼굴과 평면적인 신체는 형식적인 모습이 보이고 있다. 양 어깨를 감싼 옷은 몸에 밀착되어 물결무늬의 주름을 그리면서 아래로 흘러내리고 있다.

U 자형으로 넓게 터진 상체의 옷깃 안에는 띠를 맨 승각기가 표현되어 있고, 하체의 물결식 옷주름과 함께 몸에 밀착된 통견(通肩)의 법의(法衣) 등은 9세기 불상의 특징을 보이고 있다. 불상 앞에는 대좌(臺座)의 한 부분으로 추정되는 팔엽 연화대석이 놓여 있다.

▌만장사 석조여래좌상(경상북도 유형문화재 제322호)

경북 의성군 비안면 산제1리 화장산 중턱에 있는 만장사는 1999년 1월에 현 주지인 대관(大觀) 스님이 불사를 일으키면서, 암자 뒤쪽에 묻혀 있는 불상을 발견하고 이를 파내면서 석조여래좌상과 대좌(臺座), 광배(光背) 등을 발견하게 되었다.

얼굴은 아주 풍만하며 다소 온화한 미소를 머금고 있으며, 나발로 표현된 두상과 법의(法衣)는 통견(通肩)인데 가슴 부분에 옷매듭이 표현되어 있다.

팔각 연화대좌와 주형거신광배(舟形擧身光背)를 갖추고 있으며 수인(手印)은 항마촉지인(降魔觸地印)을 취하고 있다. 불두 일부와 코, 오른쪽 귀, 왼쪽 귀 일부분, 좌측 어깨, 오른쪽 손 전체, 오른쪽 무릎 부분 등은 보강·보수되었다.

이 불상은 후대에 일부 보수한 흔적은 보이나 전체적으로 조각수법이 8세기 작품을 이어받은 양식이 보이고 있어 8세기 후반에서 9세기 초의 불상으로 추정된다.

■영양 연당동 석불좌상(경상북도 유형문화재 제111호)

경북 영양군 입암면 연당리에 있는 이 석불좌상은 광배(光背)와 대좌(臺座)를 모두 갖추고 있다. 머리와 눈 부분이 깨져 있고 광배가 3조각으로 절단되어 불상 뒷면에 놓여 있다. 얼굴은 직사각형 형태이고, 사각형의 신체와 반듯한 어깨, 좁아진 무릎 등에서 약간 경직된 모습을 보이고 있다. 왼손에 약그릇을 들고 있어 약사여래불로 보이며, 옷은 양 어깨를 감싸고 있으며, 평행으로 흐르는 물결식의 옷주름이 새겨져 있다. 팔각형 대좌에는 연꽃무늬가 새겨져 있고, 광배에도 연꽃무늬와 구름무늬가 조각되어 있다.

대좌의 연꽃무늬, 광배의 구름무늬, 물결식 옷주름선 등은 통일신라 후기 9세기의 조각수법을 잘 보여주고 있다.

불상 등 뒷면에 음각된 □元年己酉八月佛成文□□澤千郎(□元年己酉八月佛成文□□澤千郎.... '己'를 '乙' 자로 판독한 경우도 많으며 앞 □를 龍 자로 보아 판독한 경우가 많다. (龍元年乙酉八月佛成文□□澤千郎)이라는 명문에서 양식적 특징과 함께 이 불상의 조성 연대를 알 수 있다.

불상의 뒷면에 새겨진 글로 보아 889년(진성여왕 3)에 만들어졌을 것으로 보고 있다. 이 불상은 어는 정도 제작연대가 확실하다는 점과 지방색이 현저한 통일신라 후기 불상으로 보이며, 불상 왼쪽

아래에는 나무 곽 안에 자그마한 남근 입석을 세웠고, 새끼줄을 감아 모시고 있으며 전각 둘레에도 새끼줄을 쳐 놓았다. 마을 사람들은 남근석과 불상에 풍요와 안녕을 기원한다고 한다.

■예천 청룡사 석조여래좌상(보물 제424호)

경북 예천군 용문면 선리의 청룡사에 고려 초기에 조성된 석조 비로자나불좌상(보물 제425호)과 함께 나란히 모셔져 있다. 머리는 나발(螺髮)이며 그 위로 크고 나지막한 육계가 있다. 타원형의 얼굴에는 눈·코·입이 섬세하고 작게 새겨져 있다. 어깨는 좁은 편이며 손과 발이 섬약하고 체구 또한 몹시 약화되어 긴장감이 빠진 듯하다.

양 어깨를 감싸고 입은 옷에는 평행한 주름이 나타나고 가슴에는 띠매듭이 있다. 결가부좌한 다리 앞으로 부채꼴 모양의 주름이 있고 광배(光背)는 끝이 뾰족한 타원형의 주형 광배를 하고 있다.

두광과 신광은 2줄의 선으로 표현하였는데, 두광의 중심에는 연꽃무늬가 새겨져 있다. 신광에는 보상

화 무늬가 새겨져 있으며, 주변에는 화염문(火焰文)이 조각되어 있다.

대좌(臺座)는 팔각형인데 아랫부분은 복련(伏蓮), 윗부분은 앙련(仰蓮)이 표현되어 있고, 중대석에는 여래상과 보살상이, 하대석에는 안상(眼像)이 새겨져 있다. 굴곡이 심한 복잡한 주형광배(舟形光背)와 상·중·하대를 갖춘 화려한 팔각 대좌 등 조각수법으로 볼 때 9세기 후반에 만들어진 것으로 추정된다.

▋예천 동본동 석조여래입상(보물 제427호)

경북 예천군 예천읍 동본동 삼층석탑(보물 제426호)과 함께 있는 불상으로 하나의 돌에 새겨진 전체 높이 3.46m의 거대한 불상이다.

머리는 나발(螺髮)이며, 정수리 부근에는 육계(肉髻)가 큼직하게 표현되었다. 상체에 비해서 머리 부분이 유난히 커 보이며 전체적으로 비례가 맞지 않아 다소 어색해 보인다.

풍만한 얼굴에는 길다란 눈, 짧은 코, 입이 적절하게 표현되어 있

다. 큰 얼굴에 비하여 작은 상체는 굵고 짧은 목과 좁은 어깨, 짧은 팔 등이 평판적인 가슴과 함께 움츠린 듯하여 다소 위축된 느낌을 준다. 오른팔은 옆으로 내려 몸에 붙인 채 옷자락을 살짝 잡고 있으며, 왼손은 앞으로 들어 새끼손가락을 제외한 손가락을 안으로 굽히고 있다. 양어깨를 감싸고 있는 옷은 허벅지에서 Y 자형으로 갈라지고 양다리에서는 타원형의 주름을 만들면서 흐른다. 옷주름 표현은 8세기 이후의 불상에서 흔히 볼 수 있는 모습으로 경직화되지는 않은 얼굴 모습 등 전체적인 조각수법으로 볼 때 통일신라 후기인 9세기 불상으로 추정된다.

■예천 흔효리 석조여래입상(경상북도 유형문화재 제124호)

이 불상은 풍양면 흔효리 마을 뒤 저수지 아래에 위치해 있었다. 『예천군지』, 『용궁읍지』에 보면, 이곳에 흥천사(興天寺)라는 사찰이 있었다고 하며, 그 절에 미륵불이 있다고 한다. 16세기 중엽만 해도 이곳은 황무지로서 깨어진 기왓장더미와 주춧돌이 여기저기 흩어져 있어 큰 건물이 있었음을 알 수 있었다. 지금도 석불이 서 있는 주변에서는 많은 자기와 기와조각을 발견할 수 있다. 화강석으로 전체

높이는 1.78m, 머리 높이는 0.49m, 어깨 넓이는 0.656m, 가슴 넓이는 0.49m이다. 하단부가 묻혀 있고 목이 끊어졌으나 복원하였다. 큼직한 나발(螺髮) 위에 낮은 육계가 있고, 얼굴은 양감(量感) 있게 표현하였다. 그러나 두 눈을 파고 코와 입의 끝이 파손되어서 근엄한 원모습을 잃었다. 양쪽 귀도 잘려서 자비로운 인

상을 그르치고 있다. 목은 잘려 다시 올려놓았지만 삼도(三道)의 표시만은 뚜렷하다.

법의는 통견(通肩)으로 양쪽 팔에 걸쳐 자연스럽게 흐르게 하여 발등을 덮었다. 가슴부터 발등까지 원호를 그리면서 옷주름이 잡혀 있는데 그 조각 솜씨가 부드럽고 화려하다.

수인(手印)은 왼손을 손바닥을 위쪽으로 하고 들어 가슴에 대고 있으나 팔목이 파손되어 보이지 않고, 그 팔에 법의를 걸치고 있다. 오른손은 약간 들어 법의를 누르고 있다. 발목 아래는 묻혀 있으나 대좌가 있을 것으로 추측된다. 얼굴모습이나 옷의 문양 등으로 미루어 통일신라 말이나 고려 초기의 작품으로 추정된다.

■예천 와룡동 석조여래입상(경상북도 문화재자료 제145호)

경북 예천군 풍양면 와룡리에 있으며 이 일대는 금산사(金山寺) 절터로 전해진다. 머리를 잃어버린 채 방치되어 있던 것을 후에 이 마을 청년회에서 새로 붙여 놓았다고 한다.

불상의 몸 전체가 심하게 닳아 있고 신체에는 양 어깨를 감싼 옷이 걸쳐져 있으며, U 자형의 주름이 아랫부분까지 흘러내려져 있다.

불상의 어깨 등을 다듬은 솜씨가 매우 세련되고, 전체적으로 균형이 잡힌 조형미를 엿볼 수 있다. 이런 양식으로 보아 때 통일신라시대 9세기 후반에 만들어진 것으로 추정된다.

1870년경 이 석불이 발견될 때 주변에서 많은 유물이 수습된 바 있고, 근년에는 금동불 한 점이 발견되어 국립박물관에 귀속되는 등 주변이 절터임을 알 수 있다.

■동악사 석조비로자나불 좌상(경상북도 문화재자료 제146호)

경북 예천군 예천읍 동본동 동악사 보광명전에 안치되어 있다.

이 불상은 나발(螺髮)에 작고 뚜렷한 육계(肉髻), 둥근 얼굴에 이목구비가 조화를 이루고 이마에는 백호(白毫)가 있다.

어깨까지 늘어진 귀는 뒤로 처져 있고 반쯤 감은 눈에, 코는 석고를 붙여 수정하였다. 목에는 삼도(三道)가 있고, 오른쪽 어깨를 드러낸 법의(法衣)는 도식화한 평행 융기선으로 주름을 표현하였다. 결가부좌한 무릎은 넓고 높아 안정감이 있으나 어깨를 움츠리고 있어 당당한 감이 없으며, 수인(手印)은 지권인(智拳印)이다. 왼쪽 둔부가 약간 파손되고 전신에 백분(白粉)이 칠해져 있어 세부 파악이 어렵다. 주변에 있는 석탑 부재들과 비교해 볼 때 9세기 후반의 작품으로 추정된다.

■ 예천 승본동 석불입상(경상북도 문화재자료 제351호)

경북 예천군 보문면 승본리에 있는 이 불상은 높이 160㎝의 석불이다. 머리 위에는 육계(肉髻)가 뚜렷하고, 코와 귀에 약간의 손상이 있지만 전체적으로 양호한 상태이다.

양 어깨에 걸친 옷은 배 앞에서 가지런한 옷주름을 나타내고 두 손은 가슴에 모아 약그릇을 들고 있어서 약사여래로 보인다. 대좌(臺座)에는 연꽃무늬가 새겨져 있다.

불상의 가사(袈裟) 표현과 조각수법으로 보아 9세기 말의 불상으로 추정된다.

■봉화 축서사 석불좌상(보물 제995호)

경북 봉화군 물야면 개단리 축서사 대웅전에 봉안되어 있는 이 불상은 원래부터 이곳에 있었는지는 알 수 없다. 석탑기에 의해 9세기 후반에 만들었을 것으로 보고 있다. 얼굴은 가는 눈, 꼭 다문 입, 반듯하고 넓은 신체에서 안정감이 느껴진다.

나발(螺髮)의 머리에는 커다란 육계(肉髻)가 표현되어 있으며, 목에는 삼도(三道)가 분명하며, 통견(通肩)의 법의(法衣)는 옷주름이 등간격의 평행 의문선으로 이루어져 있어 다소 형식화되었음을 알 수 있다. 손은 지권인(智拳印)을 결하고 있으며, 무릎 사이의 부채

꼴 모양으로 넓게 퍼진 옷주름은 다른 불상에서와는 달리 물결식의 주름으로 표현된 특이한 형태를 취하고 있는데, 이는 9세기 후기의 불상 특징을 잘 보여주고 있다.

대좌(臺座)는 통일신라 후기에 유행한 8각으로 상·중·하대를 모두 갖추고 있다. 하대에는 8각 면에 사자 1구씩을 새겼고, 중대에는 공양상 및 손을 모으고 있는 합장한 인물상을, 상대에는 화문(花文), 연화문(蓮華文) 등이 조각되어 있다. 불상 뒤에는 화려한 꽃무늬와 화염문(火焰文)이 새겨진 나무로 만든 광배(光背)가 있는데 이것은 아마 후대에 만들어진 것이고, 원래는 돌로 만든 광배가 있었을 것이다.

■봉화 오전리 석조아미타여래좌상(경상북도 유형문화재 제154호)

경북 봉화군 물야면 오전리 일명 땅골 부락에 있는 이 석불은 머리만 없어졌을 뿐 거의 완전하게 남아 있다.

현재는 밭 가운데에 방치되고 있으며 떨어져 나간 목 부위에는 삼도(三道)의 흔적이 있고, 당당한 어깨에 가슴은 건장하며 허리가 잘록한 모습으로, 왼손은 무릎 위에 얹고 오른손은 아래로 내린 항마촉지인(降魔觸地印)의 손 모양을 하고 있으며, 결가부좌한 하체는 매우 넓은 편이다.

우견편단(右肩偏袒)의 불의는 비록 얇지만 평행계단식 옷주름으로 묘사되어 있어 신체의 양감을 드러내어 사실미를 더한다. 경주지역 불상과 같이 겨드랑이 부분을 파낸 점이 특이하다. 앞에는 석등

을 세웠던 대석(臺石)이 있고, 석탑 부재도 있었다고 하나 지금은 사라져 버리고 찾을 수 없다.

대좌(臺座)는 전형적인 삼단의 팔각대좌로 상, 중, 하대를 다 갖추고 있다. 하대는 복판연화문을 새겼고, 중대는 8각형으로 각 면에 안상(眼象) 안에 사천왕 입상을 돋을새김했으며, 상대는 화려한 꽃무늬가 있는 연화문을 중판으로 새겼다. 전형적인 9세기 불상들의 특징이 나타나는 것으로 보아 9세기 중엽에 조성된 것으로 추정된다.

:: 팔공산 자락의 석불

팔공산은 행정구역상 대구광역시, 경산시, 영천시, 군위군 부계면, 칠곡군 가산면 등의 경계에 있다.

▌영천 화남동 석불좌상(보물 제676호)

경북 영천시 신녕면 화남리 한광사에 있다. 이 불상은 육계가 매우 낮아 분명치 않은 나발의 머리칼, 작고 둥근 현실적 얼굴, 좁은 어깨, 빈약한 체구 등 단정하게 참선하고 있는 선사의 모습을 본떠 조성한 듯한 분위기를 표현하고 있다. 이러한 특징과 함께 두 손을 가슴에 모아 아래위로 포개어 놓은 지권인(智拳印)의 수인(手印), 법의는 통견으로 얇게 빗은 듯 규칙적인 평행밀집 옷주름 등은 바로 9세 후반의 전형적인 비로자나석불 양식을 따르고 있으며 광배(光背)는 없어졌으나 광배를 꽂았던 자리가 대좌(臺座)에 남아 있다. 근래에 파손된 광배가 발견되었다.

대좌 역시 중엽 복판연화문이 새겨진 상대, 8각의 중대에는 마령이 심한 신장상이 새겨져 있고, 귀꽃과 복련이 새겨진 하대 등도 당시의 대좌 형식을 반영하고 있으며 조각수법으로 보아 9세기 후반에 작품으로 추정된다. 노천에 있던 것을 보호각을 지어 보호하고 있으며, 주변에는 삼층석탑(보물 제675호)과 석탑 부재들이 있다.

경북 경산시 와촌면 대한리 선본사의 팔공산 남쪽 관봉의 정상에 병풍처럼 둘러 쳐진 암벽을 배경으로 동남향으로 앉아 있는 불상이다. 관봉을 '갓바위'라고 부르기도 하는데, 그것은 이 불상의 머리에 마치 갓을 쓴 듯한 넓적한 돌이 올려져 있어서 유래한 것이다.

선본사 기록에 의하면 이 불상은 원광법사의 수제자 의현대사가 돌아가신 그의 어머니를 위하여 선덕여왕 7년(638년)에 이 여래좌상을 조성하였다 한다. 민머리 위에는 육계(肉髻)가 뚜렷하다. 얼굴은 둥글고 풍만하며 탄력이 있지만, 눈초리가 약간 치켜 올라가 있어 자비로운 미소가 사라진 근엄한 표정이다.

두 귀는 어깨까지 길게 내려오고 굵고 짧은 목에는 삼도(三道)가 표시되어 있고 다소 올라간 어깨는 넓고 반듯해서 당당하고 건장하지만 가슴은 평판적이고 신체의 형태는 둔중해진 듯하다. 투박하지만 정교한 두 손은 무릎 위에 올려놓았는데, 항마촉지인(降魔觸地印)은 석굴암의 본존불과 닮았다. 그러나 불상의 왼손바닥 안에 조그만 약합(藥盒)을 들고 있는 것으로 추정 약사여래불을 표현한 것으로 보인다.

대좌(臺座)는 4각형인데 신체에 비해서 작은 편이며 앞면과 옆면으로 옷자락이 내려와 대좌를 덮고 있는 상현좌이다. 불상의 뒷면에 병풍처럼 둘러쳐진 암벽이 광배의 구실을 하고 있으나, 뒷면의 바위하고는 떨어져 따로 존재하고 있다.

풍만하지만 경직된 얼굴, 형식화된 옷주름, 평판적인 신체는 탄력성이 배제되어 8세기의 불상과는 구별되는 9세기 불상의 특징을 보여주고 있다.

경북 군위군 부계면 대율리 대율사 용화전에 모셔진 불상으로 높이는 2.65m이다. 이 불상은 원래 속칭 '한밤' 마을의 구 도로변에 있었으나 대율사가 창건되면서 이곳으로 옮겨 놓았다. 불상은 민머리 위에 있는 육계는 낮고 넓으며, 둥글고 원만한 얼굴, 작고 아담한 눈과 입, 어깨까지 내려진 긴 귀 등에서 세련된 모습이 엿보인다.

오른손은 손바닥을 밖으로 하여 손끝이 위로 향하도록 펴고 있으며, 왼손은 손바닥을 몸 쪽으로 하여 가슴에 대고 있는 독특한 모양이다.

양 어깨에 걸친 통견(通肩)의 불의는 가슴과 배를 지나 무릎까지 얕은 U 자형 주름을 이루고 있다. 팔목에 새겨진 옷주름은 곧게 서는 긴 하체와 함께 당당하지만 경직된 인상을 풍긴다. 조각수법이 우수하며 통일신라 후기 9세기 불상으로 추정된다.

경북 군위군 군위읍 하곡리에 있으며, 현재 단층 맞배지붕 건물 안에 모셔져 있으며 높이 1.93m이다.

둥글고 원만한 얼굴과 큼직한 육계, 굵은 나발 등으로 보아 꽤 수준 높은 불상으로 보인다. 코는 마멸이 심하게 되었고, 눈은 움푹 패여 훼손된 것을 시멘트로 일부 보수하였다. 입도 심하게 형체를 알아보지 못할 정도로 마멸되었고 목에는 삼도(三道)가 있다. 수인(手印)은 각기 외장하여 오른손은 가슴 부위까지 올려 시무외인(施無畏印)을 하였으며, 왼손은 여원인(與願印)을 짓고 있는데 손가락은 잘리고 없다.

옷은 통견의(通肩衣)로 양 어깨를 덮고 팔을 돌아 내려가다가 두 다리에서 양쪽으로 갈라지는데 이러한 옷주름은 9세기에 유행한 양식이다. 가슴에는 오른쪽에서 왼쪽으로 약간 비스듬하게 승각기(僧脚崎)가 있으며, 광배(光背)와 대좌(臺座)는 없다.

부분 손상되었지만 균형 잡힌 신체, 얼굴과 옷주름 등 세부적으로 통일신라시대의 양식이 잘 반영된 9세기 후반의 불상으로 추정된다.

■ 군위 삼존 석굴 석조비로자나불좌상(경상북도 유형문화재 제258호)

경북 군위군 부계면 남산리 군위 삼존석굴(일명 제2석굴암) 앞 석굴사 대웅전 옆의 연못 바로 앞쪽에 안치되어 있는 불상으로 정면관 위주의 조각수법이 주목된다.

머리는 나발(螺髮)이며, 그 위에 있는 육계(肉髻)는 평퍼짐하게 표현하였다. 얼굴은 볼에 살이 올라 둥글고 풍만하며 백호(白毫)는 뚜렷하게 표현되어 있다. 가늘게 뜬 눈과 길게 어깨까지 늘어진 두 귀는 양감을 느끼게 하며, 짧은 목에는 삼도(三道)가 남아 있다. 옷은 양 어깨를 감싸 입고 있는데 앞가슴을 넓게 드러내고 있는 U자형이다. 수인(手印)은 왼손 검지를 오른손으로 감싸 쥐고 있는 지권인(智拳印)이다.

불상의 전체적인 형식으로 보아 9세기 말에 만들어진 것으로 추정된다.

이 불상은 인각사에서 조금 떨어진 미륵당 안에 모셔져 있는 불상이다.

둥근 풍만한 얼굴에 눈은 반쯤 뜨고 있으며, 코는 많이 파손되어 원래 상태를 확인할 수 없다. 입술은 작고 도톰하며 목은 파손되어 보수하였다.

옷은 양어깨의 옷주름으로 보아 오른쪽 어깨를 드러낸 채 왼쪽 어깨에서 겨드랑이로 걸친 우견편단으로 보인다. 두 팔과 무릎이 깨어져 없어졌다.

이 불상은 전체적으로 마멸과 파손이 심하나 얼굴 표현 옷주름선, 가슴 표현 등의 조각수법으로 볼 때 통일신라시대 후기 9세기 불상으로 추정된다.

마애불

마애불이란 자연암벽에 새긴 불상을 말하며 우리나라의 마애불은 양질의 화강암지대가 전국적으로 분포되어 있기 때문에 많이 조성되었으며 6세기 말 7세기 초 백제에서 시작된 것으로 7세기부터 본격적으로 조형되기 시작하여 8세기 후반에 이르기까지 많은 마애불이 전국에 조성되었다.

마애불상은 원각상에 비해 제작이 용이하여 삼국시대 이래 전 시대에 걸쳐서 많이 조상되고 있다. 그리고 제작 수법을 보면 예외는 있지만 대략적으로 삼국시대에는 고부조로 통일신라 8세기 후반에 이르러 다소 얕은 저부조 수법을 보이다가 8세기 말부터 9세기에 이르러서 선각불이 나타나기 시작하는데 그 대표적인 작품으로는 함안 방어산 마애불(801)을 들 수 있다.

9세기에 들어서는 이처럼 섬약한 기법을 보이고 있으며 고려시대에도 저부조 및 선각으로 제작되고 있다. 대부분의 마애불은 화강암 절벽이나 화강암으로 된 큰 바위에 새겨졌던 것이며 화강암이 다른 석재에 비하여 비·바람에도 오래 견디는 성질을 가지고 있어서 비교적 잘 보존되어 있다.

▋월성 골굴암 마애여래좌상(보물 제581호)

경북 경주시 양북면 안동리 골굴사의 수십 미터 높이의 암벽에 있는 자연굴을 이용하여 만든 12개의 석굴 중 해발 180m 지점에 가장 윗부분에 있는 4.0m의 마애불이다.

풍화로 인하여 손상이 심해 굴 자체는 물론 불상도 많은 손상을 입었다. 1988년 원형의 유리돔을 설치하여 보호하고 있다. 조선시대 우담 정시한의 『산중일기』에도 기록이 보이며, 겸재 정선이 그린 '골굴석굴'에는 목조전실이 묘사되었으나 지금은 바위에 흔적만 남아 있다.

이 불상은 민머리 위에는 육계(肉髻)가 높이 솟아 있고, 윤곽이 뚜렷한 얼굴은 가늘어진 눈·작은 입·좁고 긴 코 등의 표현에서 이전보다 형식화가 진전된 모습을 살펴볼 수 있다. 신체는 어깨가 거의 수평을 이루면서 넓게 표현되었는데, 목과 가슴 윗부분은 물론 어깨와 무릎에서 밑은 크게 손상되어 형태를 알 수 없다.

오른팔은 늘어뜨려서 무릎에 얹은 항마촉지인(降魔觸地印)으로 추정되며 팔목 밑 이하는 절단되었다. 옷주름은 규칙적인 평행선이 주류를 이루고 있으며, 겨드랑이 사이에는 팔과 몸의 굴곡을 표시한 V자형 무늬 혹은 꺽쇠주름이 있다.

암벽에 그대로 새긴 광배(光背)는 연꽃무늬가 새겨진 두광이 불상 둘레의 율동적인 화염문(火焰文)을 통해 흔적을 살필 수 있다. 평면적인 신체와 얇게 빚은 듯한 계단식의 옷주름 등 조각수법으로 보아 조성연대는 9세기 후반으로 추정된다.

■ 낭산 마애삼존불(보물 제665호)

경주 낭산 서쪽 기슭의 현재 중생사 인근 바위면에 새겨져 있다. 전체적으로 표면이 거칠고 균열이 심한 상태이며 가운데에는 두광(頭光)과 신광(身光) 갖춘 본존불이 있고, 양옆으로 무기를 든 신장상이 협시로 있다.

중앙의 본존불은 둥글고 살이 찐 얼굴에 광대뼈가 튀어나오고 살짝 미소를 띤 매우 독특한 모습이며 결가부좌한 자세이다. 머리에 두건을 쓰고 있고 양 어깨를 감싸고 입은 옷은 고려 불화에서 보이는 지장보살의 모습과 비슷하다.

양 협시는 본존과 거리를 두고 있는데 마멸이 심해 알아보기 어려우며 몸에 갑옷을 입고 있다. 왼쪽 협시는 오른손에 검을 들었고,

오른쪽 협시는 두 손에 무기를 들고 있는데, 악귀를 몰아내는 신장상을 표현한 것으로 보인다.

이 불상에 대하여 『동경통지』에는 "……산 서록 대석에 삼존상이 새겨져 있는데 일부는 땅에 묻혔으며, 중앙은 가사를 입고, 오른쪽은 갑옷을 입고 지물을 들고 있으나 좌측상의 상은 땅에 묻혀 자세히 알 수 없다."라고 기록하고 있어 당시의 형태를 알 수 있다. 조각수법 등으로 볼 때 통일신라시대 후기 9세기에 만들어진 것으로 추정된다.

■삼릉 계곡 마애관음보살상(경상북도 유형문화재 제19호)

경주 남산의 삼릉 계곡 머리 없는 석불좌상 인근에 있으며 돌기둥 같은 암벽에 돋을새김을 한 것으로 연화 대좌위에 서 있는 관음보살상이다.

머리에는 보관을 쓰고 있으며, 미소를 띤 얼굴은 부처의 자비스러움이 잘 표현되어 있고 손에는 보병을 들고 있다. 조각수법으로 보아 9세기 작품으로 추정된다.

■삼릉 계곡 선각육존불(경상북도 유형문화재 제21호)

이 불상은 자연 암벽에 조각된 2구의 마애 삼존상이다. 오른쪽의 마애석가여래삼존은 상호가 온화한 입상으로, 연화를 밟으며 중심불을 향하고 있는 보살이 서 있다. 머리 둘레에 두광(頭光)만 그리고 몸 둘레의 신광(身光)은 그리지 않았으며, 왼손은 무릎에 얹고 오른손을 들어 올린 모습이다.

왼쪽 바위에도 역시 중앙의 여래 입상이 있는데 양 협시 보살상은 연화좌 위에 꿇어앉아 꽃 쟁반을 들고 있다.

오른쪽 암벽의 윗부분에는 당시 이들 불상을 보존하기 위한 법당을 세웠던 흔적이 남아 있다. 조각수법으로 보아 통일신라 9세기 불상으로 추정된다.

■ 경주 약수계곡 마애입불상(경상북도 유형문화재 제114호)

경북 경주시 경주 남산의 금오산 정상에서 서쪽으로 바로 쏟아져 내린 골짜기를 약수계곡이라 하는데, 이 계곡의 바위면에 높이가 8.6m나 되는 거대한 불상이 새겨져 있다.

경주 남산에서 가장 큰 입불상이다. 현재는 머리 부분이 없어지고 어깨 아랫부분만 남아 있다. 이 불상은 머리는 따로 만들어 붙인 듯 목 부분에 머리를 고정시켰던 구멍이 뚫려 있다. 바위면의 양옆을 30㎝ 이상 파내어 불상이 매우 도드라지게 보이며, 손이나 옷주름 표현에서도 깊게 돋을새김을 하여 입체감이 뛰어나다. 왼손은 굽혀 가슴에 대고 오른손은 내려서 허리 부분에 두었는데, 모두 엄지, 검지, 약지를 맞대고 있다.

옷은 양 어깨에 걸쳐 입고 입으며, 옷자락이 어깨의 좌우로 길게 늘어져 여러 줄의 평행주름을 만들고 있다. 가슴 부분에는 부드러운 U 자형 주름이 무릎 가까이까지 촘촘하게 조각되었으며, 다시 그 아래로 치마와 같은 수직의 옷주름이 표현되어 있다. 신체를 감싼 옷주름 표현 등 조각수법으로 보아 9세기 후반의 불상으로 추정된다.

■삼릉 계곡 마애석가여래좌상(경상북도 유형문화재 제158호)

경주 남산의 거대한 자연 바위벽에 새긴 석가여래불로 높이는 6m이며, 상선암 마애대불이라 흔히 불린다.

몸을 약간 뒤로 젖히고 있으며, 머리에서 어깨까지는 입체감 있게 깊게 새겨서 돋보이게 한 반면 몸체는 아주 얕게 새겼다. 전체적인 양식으로 보아 통일신라 후기에 유행하던 양식의 마애불로 추정된다.

■ 보리사 마애석불(경상북도 유형문화재 제193호)

경북 경주시 배반동 동쪽을 향한
높이 2m의 바위벽에 새긴 마애불이
다. 양쪽 뺨 가득히 자비 넘치는 미
소를 간직하고 앉아 있다. 특히 위에
서 아래로 내려갈수록 선을 그은 것
처럼 얕게 새겨 매우 독특한 조각수
법을 나타낸다. 보리사의 석불좌상보
다 후대에 만든 것으로 통일신라 후
기 9세기에 만들어진 불상으로 추정
된다.

■경주 동천동 마애삼존불좌상(경상북도 유형문화재 제194호)

경북 경주시 동천동 소금강산의 정상에서 백률사 반대편 동쪽으로 내려가면 북향한 자연 바위벽에 얇은 부조로 새겨진 불상이 있다.

중앙에는 얼굴이 둥그스름한 본존불이 앉아 있고, 양쪽에는 협시보살이 새겨져 있으나 바위 표면의 박락이 심하여 잘 보이지 않는다.

본존불은 높이가 약 3m에 이르는 거대한 마애불이지만 선각에 가깝게 새겨 부분적으로 마멸이 심하며 얼굴은 눈매가 비교적 당당한 위엄을 과시하는 전형적인 9세기 불상의 표정이다.

오른쪽 협시보살의 머리에 쓴 보관에 화불이 조각되어 있는 것으로 보아 관음보살상으로 보이며 이 삼존불은 대세지보살과 협시를 이루는 아미타 삼존불을 표현한 것으로 보인다. 전체적으로 마멸은 심하나 우수한 조각이다.

■ 경주 배리 윤을곡마애불좌상(경상북도 유형문화재 제195호)

경북 경주시 남산의 여러 계곡 가운데 하나인 윤을곡의 ㄱ자형 바위벽에 새긴 불상이다. 동남향한 바위면에 2구, 서남향한 바위면에 1구를 새겨 삼존불의 형식을 띠고 있는데, 그 배치가 매우 특이하다.

중앙의 불상은 연꽃 대좌 위에서 앉아 있다. 정수리 부분에 있는 육계(肉髻)가 유난히 높고 크며, 얼굴은 긴 타원형을 이룬다. 턱은 각진 것처럼 표현하여 다소 완강한 느낌을 주지만, 눈을 가늘게 뜨고 입에는 미소를 띠고 있어 대체로 부드러운 인상이다. 오른손은 마멸이 심해 확실하지는 않지만 손바닥을 보이며 손끝을 위로 향하고 있는 시무외인(施無畏印), 왼손은 내려 무릎에 걸쳐 손끝이 땅을 향하도록 한 항마촉지인(降魔觸地印)을 하고 있다.

오른쪽 불상은 본존불보다 조금 작고 위축된 느낌이 든다. 양감 있는 얼굴은 부드러운 느낌을 주며, 양 어깨가 치켜 올라간 신체는 사각형으로 처리되었다. 상체가 짧은 데 비해 하체가 길어서 비례가 잘 맞지 않는다. 오른손은 무릎에 얹어 손가락을 살짝 구부리고, 왼손은 배에 대어 약그릇을 들고 있는 것으로 보아 약사여래로 생각된다.

왼쪽의 불상은 3불상 가운데 조각 솜씨가 가장 떨어진다. 사각형에 가까운 얼굴은 세부를 마무리하지 않고 턱이나 윤곽선 등을 선으로만 처리하여 전체적인 인상이 생생하지 못하다. 신체 또한 사각형으로 평평하고 양감이 없다. 왼쪽 불상의 광배 왼쪽에 '太和九年乙卯'라는 글자가 새겨져 있어 이들 불상이 신라 흥덕왕 10년(835)에 조각된 것임을 알 수 있다. 9세기 전반 통일신라의 불상 양식 연구에 매우 중요한 예가 되고 있다.

■ 백운대 마애불입상(경상북도유형문화재 제206호)

경북 경주시 내남면 명계리 백운대 부락 동쪽 마석산 지봉의 높이 7.28m, 너비 1.6m의 각형 암벽 위에 원형으로 파고 새긴 높이 4.6m에 석가여래입상이다.

머리는 소발로 크고 둥근 육계(肉髻)가 있으며, 도식적인 모습의 두 귀는 길게 늘어져 있다. 무표정한 둥근 얼굴에는 반쯤 뜬 눈, 눈썹에서 이어져 내려온 큰 코, 굳게 다문 입술 등이 뚜렷하게 새겨져 있다. 목에는 굵은 삼도(三道)가 있으며, 법의(法衣)는 통견(通肩)을 걸친 듯하며, 왼쪽 팔목에 세 가닥의 층단주름을 나타내고 있다.

수인(手印)은 시무외인(施無畏印)·여원인(與願印)이며, 살찐 어깨와 가는 허리 등에서 전체적으로 풍만한 신체를 표현하고 있다. 조각은 상호에서 손으로 발로 그리고 의습선으로 진행된 듯하다.

이 불상은 얼굴, 신체의 모습 등으로 미루어 통일신라시대 9세기 후반 작품으로 추정된다.

::경북 북부지역의 마애불

■안동 옥산사 마애약사여래좌상(경상북도 유형문화재 제181호)

경북 안동시 북후면 소재지에서 장기리 벽절골로 이어지는 길로 접어들어 북후 초등학교와 벽계서원을 지나 오른쪽 산길로 약 30분 정도 오르면 만날 수 있는 이 불상은 자연암벽에 돋을새김되어 있다.

대좌위의 하단은 5판, 상단은 7판으로 된 이중 연화대좌 위에 앉아 있다. 마애여래좌상을 중심으로 양옆에 보살이 있는 삼존불로 추정된다. 고부조의 이 마애불은 머리는 소발(素髮)에 육계가 큼직하고 얼굴에는 엷은 미소를 띠고 있으며, 목에는 삼도(三道)가 뚜렷하다.

오른쪽 어깨를 드러내고 왼쪽 어깨를 감싼 옷을 입었고 앞가슴에는 치마의 띠매듭이 보이는데 매우 사실적이다. 오른손은 오른쪽 무릎 위에 올리고 왼손은 아랫배 부분에서 작은 약그릇을 받쳐 들고 있다.

본존의 오른쪽 벽면에 좌협시 보살의 하반신이 고부조로 조각되어 있는데, 상반신은 별도의 석재로 조각한 뒤에 하반신 윗면에 끼웠던 것으로 추정된다. 마애불에서는 드물게 삼존불 형식으로 만든 것으로 주목되며 조각수법으로 보아 9세기 후반의 작품으로 보인다. 마애불에서 동남쪽으로 약 30m 떨어진 산능선 끝자락 언덕 위에는 영가지(永嘉志, 1608)에 보이는 '월천전탑'이라는 전탑지가 남아 있어 기록상 보이는 옥산사와 관계가 깊은 마애불상으로 추정된다.

▌봉화 동면리 마애비로자나불입상(경상북도 유형문화재 제273호)

경북 봉화군 재산면 동면리 산268 바위면에 조각한 마애불로, 암벽의 재질은 모래와 자갈이 많이 섞인 사암이다.

머리는 소발(素髮)이고 육계는 낮은 편이며, 볼륨 있는 네모형의 얼굴은 이목구비가 단정하다. 두 귀는 길어 양어깨에 닿았으며 목에는 삼도(三道)가 뚜렷하다. 법의는 통견(通肩)으로 목깃은 중간에서 접혀져 반전하였으며 양 어깨 위에는 겨드랑 사이로 비스듬히 내려오는 등간격의 옷주름을 선각하였으나 하반신의 옷주름은 생략되었다. 양손은 가슴 중앙에 모은 지권인(智拳印)을 하고 있다. 소매는 넓어서 팔목 밑으로부터 거의 발까지 흘러내렸다.

광배는 두광과 신광을 갖춘 거신광배(擧身光背)로 양각된 두광과는 달리 거신광의 윤곽은 선각되었고 군데군데 화염문(火焰文)의 흔적이 희미하게 남아 있다. 이 불상은 마애불이면서 대형 입상인 점에서 주목되는 통일신라 9세기 비로자나불이다.

9세기 불상 양식의 변천

9세기의 경북지역 불상들은 우선 표현 기법에 있어서 8세기 중엽경에 경주를 중심으로 한 지역의 불상에서 보이는 건장한 체구, 풍만하고 웃음 있는 얼굴표정, 단순하면서도 정제된 옷 처리 등에서 벗어나 지방적 성격이 강한 양식으로 변화하고 있음을 알 수 있다. 즉 체구 상체가 길어지고 양감도 줄어들며 얼굴에서도 코의 크기가 작아지며 귀는 좀 더 길게 표현되었는데 마치 인간이 표정 자체가 없는 것처럼 조성되었으며, 육계는 머리와 구별이 안 될 정도로 낮고 편평해지며 선각 위주의 옷주름을 표현하고 정면관을 중심으로 한 평판화 경향이 심화되며 의습선의 특징은 계단모양의 평행계단식 주름으로 나타난다.

불상의 신체도 8세기 중엽 불상에 비해서 어깨 폭과 무릎 폭이 줄어든다. 또한 신체보다는 광배나 대좌에 더 치우쳐 외부 장식을 하는데 9세기 불상에서 특징적인 것이라 하겠다.

1) 불신(佛身)

신체 표현에 있어서는 각 지역별로 다양한 양식이 나타나나 유난히 신체가 왜소하게 표현되고 고식적인 형태가 일부 살아난다. 일부 지역에서는 넓고 각이 진 어깨를 표현한 경우도 있으며 8세기 불상에서 보이던 날카로운 콧등은 편평한 평면으로 되어 정신미가 다소 떨어진다.

얼굴은 대체로 둥근 편이며 육계의 표현에서도 머리와 구별이 안 될 정도로 낮고 편평해진다. 상체의 표현은 중대의 괴량적이고 건장한 신체를 잘 표현한 데 비해서 단아함과 함께 왜소해지고 위축된 감이 나타난다. 법의는 통견식이 주된 형식이며, 가슴의 근육 표현에서 굴곡이 강조되지 않고 평면적이며 도식적으로 표현되었다. 옷주름은 팔과 결가부좌하여 앉은 다리의 중앙부분에 평행밀집을 이루며 계단식으로 표현되어 있다. 9세기 후반의 아미타상 가운데는 우견편단으로 가슴을 드러내는 예가 나타난다. 대부분 9세기 불상들은 규모 면에서 확연히 줄어들고 어깨가 위축되는 특징을 보인다. 하체 표현은 좌상의 경우에는 얇고 넓게 변해 가는데 이는 상체의 힘없는 표현들이 넓은 하체에 안정감을 주기 위한 것으로 보인다.

2) 광배(光背)

광배는 통일신라 하대 9세기 불상들의 특징의 하나이다. 9세기에 나타나는 불상의 광배들은 표현에 있어서 고신라에서 금동불의 광배를 찾을 수 없었던 것처럼 역시 석불에서 많이 볼 수 있는 데 반해 금동불에서는 겨우 몇 점밖에 찾아볼 수 없다. 9세기 불상들은 주형 거신광배가 나타나며 삼존 화불을 배치하는 경우가 많다. 또한 2조 융기선이 자주 등장하는 등 경주지역의 불상들보다 화려하고 진전된 양식이 나타난다. 8세기에 비해서 그 문양이 다양화되는데 광배 외연 문양으로 화염문과 당초문 위주에서 화염문, 당초문, 보상화문이 광배를 가득 장식하고 화불이 일반화되어 섬세하게 나타나는 것도 특징이라 하겠다.

3) 대좌(臺座)

9세기 불상들의 대좌는 불상보다 더욱 화려하고 높은 모양으로 다소 빈약해진 불상의 조형을 보충하려 한 것처럼 여겨진다.

9세기에 나타나는 대좌들은 대체적으로 상·중·하대로 구성되어 있고 상대는 이중 연화문인 것 같으나 연화문 안에 화문을 장식하여 지극히 화려하게 나타내는 경향이 있다. 상대석 내부에 꽃무늬가 새겨진 형식이 나타나며 9세기의 석불 대좌들은 부석사 무량수전 앞 석등처럼 연판 첨단에는 귀꽃이 나타난다. 장엄 장식이 그만큼 늘어나고 특히 대좌에 안상 표현, 각종 문양이 나타나 변형된 양식으로 나타난다. 대좌 자체의 형태도 방형대좌, 팔각대좌, 원형대좌 등으로 나타난다.

9세기 중엽경이면 하대는 안상석과 복련석으로 구성되고 안상 내에는 문양이 조식되기도 하며 중대와 하대 사이에 높은 괴임이 생긴다. 그리고 중대에도 안상 내 우주 사이에 보살상과 천인상 등이 조각되는 예도 있으며, 이들은 모두 상술한 바와 같이 9세기 중엽 이후부터 나오기 시작하는데 이 이후에도 각부에 조금씩의 변화가 있을 뿐이며 그 기본형은 고려 초기에까지 계속 나오고 있다.

대좌에도 각종 동물상이 나타나는데 그 예가 대구 동화사 비로암 대적광전에 모셔진 비로자나 불상이다. 예천 청룡사 석조여래좌상의 중대석에는 8면에 공양자상이 여러 형태로 다양하게 표현되어 있다. 또한 중대석에 공양자상을 조각하고 지대석 안상 속에 사자를 새긴 경우도 있는데 봉화 축서사에 있는 석불좌상의 대좌를 들 수 있다. 이 대좌의 중대석에는 공양자상들이 모두 합장을 하고 있으며, 정면을 제외한 7면에는 보살상의 형태로 천의를 입고 있다. 그리고 이러한 공양자상 모두 안상 속에 새겨져 있으며, 지대석의 안상 속에 조각된 사자와 함께 형식화 경향을 보인다.

9세기 불상의 특징

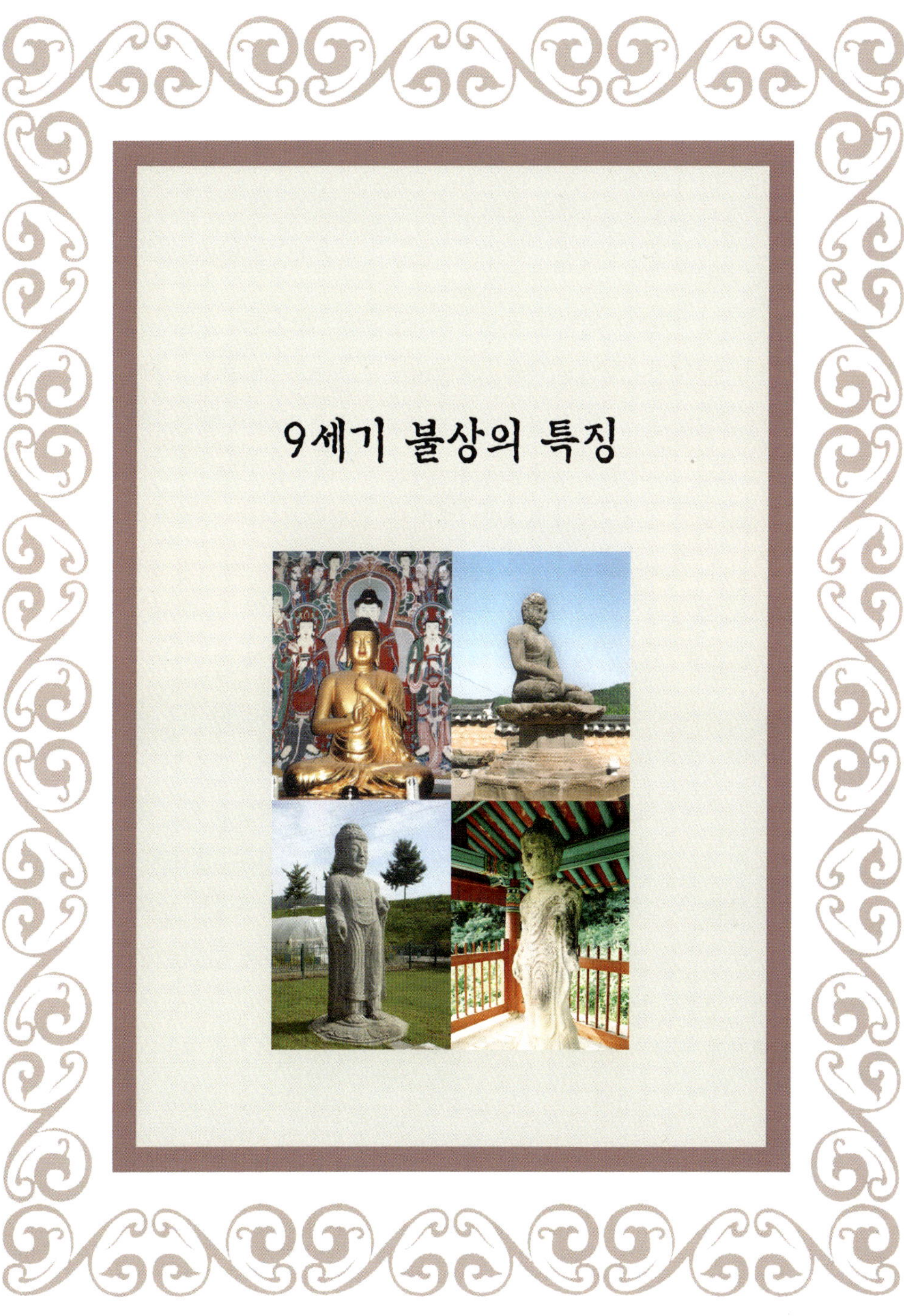

삼국시대 불상이 신체에 비해 머리와 손이 지나치게 크게 표현되어 정신성이 강조되며 천진한 자연미소와 더불어 인간적인 매력을 느끼게 하는 데 비해 통일신라의 불상은 인체 표현이 훨씬 사실적으로 되었으며 표정은 근엄하게 바뀐다.

통일신라의 불상을 살펴보면, 대체로 통일초기부터 680년대까지는 보수적 경향이 짙은 전대의 양식 계승 및 새로운 요소의 모색기, 680년 이후 8세기 전반까지는 중국의 당 양식의 수용 및 신라의 이상적인 불상 양식의 완성기, 750년 전후에서 8세기 후반, 그리고 그 뒤는 불상 양식의 토착화와 쇠퇴기 등으로 구분할 수 있다.

대체로 통일신라시대의 불상 표현의 형식을 보면 입상에는 여원인과 시무외인의 통인을 보여주는 불상이 많고 약합을 든 경우도 눈에 띄며 통일신라시대의 보살상은 삼국시대 말기의 양식에서 좀 더 화려한 영락장식을 하고 몸의 자세도 정면관 위주에서 탈피, 허리를 약간 비틀면서 자연스럽게 서 있어 몸의 균형을 유지하면서도 동적인 자세로 바뀐다.

9세기에 들면서 불상의 조각 솜씨는 뚜렷한 쇠퇴기에 들기 시작한다. 얼굴에 표현된 자비의 상징적인 오묘한 미소는 사라지고, 경직된 표정이 많아지며, 신체의 비례도 균형을 잃게 되어 생명감과 미감이 현저히 줄어든다. 이것은 이미 언급한 것처럼 정치적 상황과 밀접한 관계를 지닌 것으로 중앙의 미술 활동은 현저히 약화되는 반면, 지방에서 활발한 조상활동이 이루어져 소위 지방 양식이 뚜렷하게 등장하게 된다. 미술활동은 삼국시대 이래 9세기에 이르기까지 대체로 평양, 부여, 경주라는 수도를 중심으로 이루어졌으며, 그것은 중앙집권적 전제왕권이 강화되는 과정의 산물이었다. 수도를 중심으로 전개되었으므로 각 나라 혹은 지방에 따른 미술표현의 다양성이 나타나고 있으며, 우리는 그 각각의 양식적 전개과정과 상호 영향을 살펴볼 수 있다.

9세기 불상들을 살펴보면 대체로 8세기에 많이 조성되었던 불상형을 따르면서 약간의 양식적 변화를 주었다. 가장 주목해야 할 것은 통견의 법의와 백호이다. 백호는 유난히 크고 둥글게 뚫려 있다.

법의에 있어서도 가슴이 드러난 법의 속에 내의를 입거나 가슴 위에 둘려진 띠매듭이 보이고 있는데 선산 해평동 여래좌상이 그 예이다. 옷자락에도 장식을 한 경우가 있다. 또한 기존의 석굴암 본존불과 같이 항마촉지인상과 9세기 전반에는 새로이 약사여래가 유행되고 후반에 들어가면 지권인을 결한 비로자나불이 900년 이후 성행하고 불교조각의 중심지도 차차 경주에서 벗어나 여러 지방호족들의 후원을 받으며 불사가 활발하게 이루어져 선종 승려들 및 선종계 사찰의 활약이 나타난다. 또한 기존의 금동불 제작이 줄어들고 철불이 조성되었다는 점도 주목된다.

9세기 불상의 특징을 한마디로 요약하면 머리에 비해서 얼굴이 지나치게 길며 어깨는 넓고 당당하나 허리를 너무 잘록하게 표현하여 어색한 느낌이 드는데 이러한 불상들이 9세기에 유행하던 불상의 특징이라고 할 수 있으며 광배는 두 줄의 당초문과 화염문이 나타나며, 대좌에도 보상화, 연화, 신장상, 사자 등이 나타나는 등 화려해진다.

불상 조성에 있어서도 이상적 사실주의 양식은 경주 인근 부근에는 남아 있으면서도 지방으로 오면서는 이러한 양식이 각 지방에 맞는 현실적 사실주의 양식으로 나타난다. 예를 들어 상주 복용리 석불좌상(보물 제119호)의 경우 마멸이 심해 수인도 알아볼 수 없으나 전반적으로 풍기는 인상은 부드러우면서도 풍만한 모습에 약간의 미소를 머금은 듯한 얼굴 표정으로 이상화된 불안에서 보다 인간적인 사실미가 풍기는 신라 후기 불상으로 이러한 경향을 잘 반영한다. 불상의 조각 솜씨에 있어서도 쇠퇴기에 들기 시작하는데 얼굴에 미소는 사라지고, 경직된 목석같은 표정이 많이 나타나며 신체의 비례도 균형을 잃게 되어 생명감과 미감이 현저히 떨어진다. 사람의 얼굴과 거의 같은 체구를 모델로 하여 불상을 조성한 것이 신라 하대 불상들의 양식적 특징이라 하겠다. 또한 마애불상은 통일 직후의 당당한 기법에서 9세기에 접어들면서 섬약한 형식을 보이고 있는 점도 특징이다.

마무리하면서

경북지역에 지정된 문화재를 위주로 통일신라 9세기 불상들을 살펴보았다. 통일신라시대에는 불교가 지배적인 사상으로 발전하며 불상들이 9세기, 즉 통일신라 하대에 양적으로 많이 조성되는데 전국적 비중으로 볼 때 경북지역의 불상들은 중요한 위치를 차지하였음을 알 수 있다. 9세기는 시대 편년상 특히 역사적으로 다루는 편년과 미술사에서 다루는 편년은 약간의 차이를 보인다. 조각 양식을 전환점으로 통일신라 중기, 후기의 구분법은 특히 차이가 나타나 편년설정에 있어서 어려움이 많다고 하겠다.

9세기는 시대적으로 후삼국이라는 새로운 국면으로 접어들면서 정치적으로 불안하여 왕위쟁탈과 지방호족들의 할거, 또 불교 사상도 교종에서 선종으로 변화하여 화엄종은 세력이 위축되고 사회적 영향력이 현저하게 축소되었다. 또한 흉년과 기근이 계속되어 반복되었는데 불상에도 이러한 사회적 영향이 많이 작용한 듯 보인다. 주목해야 할 점은 9세기 불상들의 편년 설정 문제인데 조각 양식 및 형식만으로는 시대구분에 어려운 점이 많다. 특히 9세기 말에서 10세기 초 나말의 교체기, 즉 고려 창업기에 해당하는 불상들은 편년상에 문제점이 있다.

경북지역을 지역별로 세분화하여 살펴본 데에는 좁은 경북지역 내에서도 나름대로의 각 지방의 지방화 양식이 독자적으로 나타나고 있다.

석불의 경우 항마촉지인의 석불은 분포 면에 있어서도 다른 지역에 비해 집중적으로 조성되어 인근지역으로 확산된 것으로 보인다.

지권인을 결한 석불은 영주지역을 중심으로 예천, 봉화 지역에 많이 조성되었으며 특히 영주지역은 10여 구의 불상이 분포되어 경주를 중심으로 한 지역보다도 외곽에서 조상활동이 활발히 이루어졌음을 보여주고 있다. 이는 아마도 비로자나 신앙이 상대적으로 경주 인근지역이 덜 성행한 것으로 생각된다. 이처럼 경북 북부지역의 불상은 수도인 경주지역의 불상과는 또 다른 조각 양식이 일부 엿보인다. 지리적 영향으로 경상도, 강원도, 충청도 3개의 도가 접하는 접경지역이라는 위치 때문인지 소백산맥을 기점으로 경상도지역에서 충북, 강원도로 일부 불상의 양식이 전래되어 교류한 것으로 보이며, 당시 신라의 영토와 거의 일치하는 지역에 나타난다.

봉화나 예천지역도 산협 고을이라는 지형적 영향이 아주 컸는데 대부분 폐쇄적 영향이 짙었으며 불상 역시 이러한 지역적 영향을 반영한 듯 독자적 양식이 일부 엿보인다.

재료 면에 있어서는 기존에 없던 철불이 통일신라 9세기 중엽 이후 상당수 만들어졌으며 이런 철불은 고려시대까지 계속 주조되고 있다.

철불이 조성된 것은 당시의 사회문화와 밀접한 바탕이 있어 이를 반영한 듯하며 지방의 선종 사찰에 주존으로 봉안된 철불은 비로자나불의 조성과 함께 9세기 후반기 불교조각의 한 단면을 보이고 있다.

경주지역의 문화가 또한 지방화되면서 불상의 양식 면에서도 불상보다는 오히려 광배나 대좌 등을 화려하게 장식하려는 경향이 엿보이는데 특히 구미지역과 영주지역, 팔공산지역 일대의 불상에서 많이 볼 수 있다.

9세기 석불상들은 삼도가 표시된 짧은 목, 통견의 항마촉지인의 불상이 많고, 법의에는 평행계단식 주름이 보이고, 양 무릎 사이에 부채꼴 주름이 있는 불상이 나타난다. 머리에는 육계가 표현되어 있는데 나발이 많으며 길상좌의 자세를 취한 불상이 두드러지게 많고, 대체적으로 9세기 후기에 조상활동이 집중적로 나타난다.

마애불은 불신을 도드라지게 표현하고 고부조에서 선각화하려는 경향이 엿보인다.

7~8세기 마애불들은 낙동강 수계를 따라 분포하며 영주지역을 중심으로 영주 가흥리 마애삼존불와 영주 신암리 사면석불, 봉화 북지리 모두 낙동강 수계에 직하하는 암벽의 끝자락에 위치해 있다. 그리고 남쪽으로 내려와 구미-선산지역에 이르면, 군위 소보 위성동 마애불과 군위 삼존불, 구미 진평동 마애불, 노석동 마애불 등이 한결같이 영남대로를 중심으로 발달하게 되는 문화양상을 보인다.

9세기 마애불상들도 지역적 연관관계가 이처럼 작용한 듯하다. 9

세기의 마애불 양식은 그 조상의 중심지가 경주지역에서 점차 벗어나 전 지역으로 확대되면서 마애불들이 경주가 아닌 중부지역, 북부지역에까지도 양식적으로 그 영향을 미치는 것이다. 다른 지역에 비해 불상이 많은 경북지역에 특히 9세기의 항마촉지인상과 지권인을 한 비로자나상, 약사신앙으로 약사여래의 성행 등은 경북지역 불상 연구에 있어서 커다란 비중을 차지하는 부분이라 하겠다.

9세기 불상들은 계속 발전되면서 주변지역에 양식적으로 많은 영향을 주었고 고려시대 양식으로 이어지는 중요한 구심점 역할을 한다는 점을 다시 한번 살펴볼 필요가 있겠다.

9세기 중엽부터 활발히 조성되는 불상 양식들은 사실적 양상이 없어진다. 9세기 불상들의 법의 표현 방법, 대좌의 양식변화, 광배의 화려함과 지권인을 한 비로자나불의 조성 등은 다른 지역과 같이 경북지역 불상의 특징이라 할 수 있다.

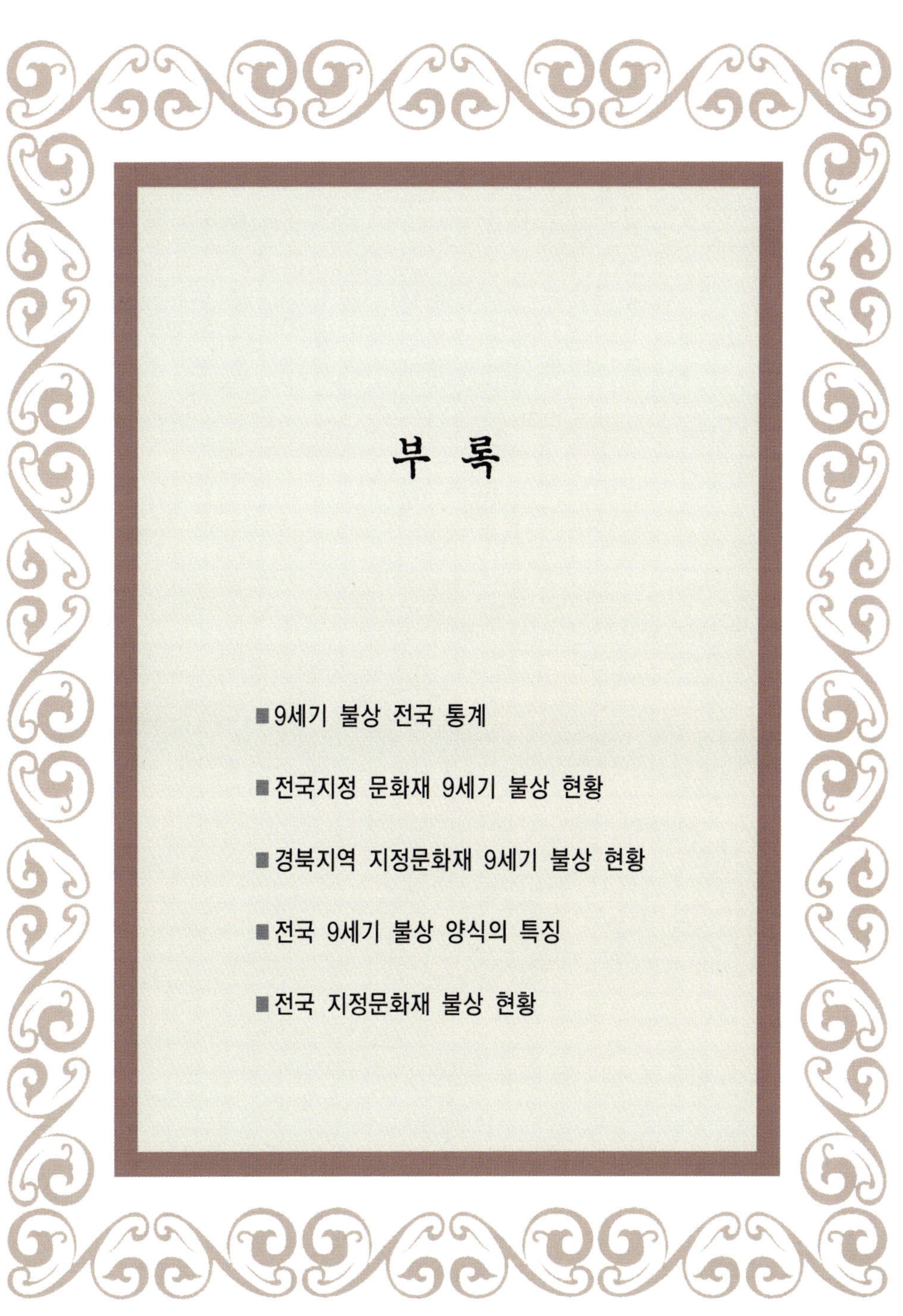

부 록

9세기 불상 전국 통계표

순번	지역	국가지정문화재						도지정문화재							비고
		국보	보물	금동불	철불	석불	마애불	유형문화재	문화재자료	금동불	철불	석불	마애불	총계	
1	경기도		1			1								1	
2	경상남도		10			9	1	11	1			9	3	22	
3	경상북도	3	21	3	1	18	2	21	9			21	9	65	
4	전라남도	2		1			1	5			1	4		7	
5	전라북도		2	1			1	1				1		3	
6	충청남도							1	1			1	1	2	
7	충청북도		1			1		1				1		2	
8	강원도	1	3		1	3		2	1			3		7	
9	대구시		2			1	1	6				4	2	8	
10	광주시		2		1	1								2	

■ 전국지정 문화재 9세기 불상 현황 표

순번	지정번호	불상명	소재지
1	보물 370호	간월사지석조여래좌상	울산 울주군 상북면 등억리 산139
2	보물 371호	단성석조여래좌상	경남 진주시 망경남동산3
3	경상남도유형문화재 236호	고산암석조비로자나불좌상	경남 진주시 영곡면 원내리
4	보물 436호	불곡사석조비로사나불좌상	경남 창원시 대방동 1036-1
5	경상남도유형문화재 43호	용화전석조여래좌상	경남 창원시 외동 853-7
6	경상남도유형문화재 98호	삼정자동마애불	경남 창원시 삼정자동 산48
7	보물 493호	무봉사석조여래좌상	경남 밀양시 내일동 37 무봉사
8	보물 1213호	밀양천황사석불좌상	경남 밀양시 산내면 남명리 산95-6
9	보물 159호	방어산마애불	경남 함안군 군북면 하림리 산131
10	경상남도유형문화재 7호	장춘사 석조여래좌상	경남 함안군 칠북면 영동리 산2
11	보물 75호	창녕 송현동 석불좌상	경남 창녕군 창녕읍 송현리 105-4
12	보물 295호	관룡사용선대석조석가여래좌상	경남 창녕군 창녕읍 옥천리 9 관룡사
13	경상남도유형문화재 46호	감리 마애여래상	경남 창녕군 고암면 감리 산64
14	경상남도문화재자료 20호	석불사 석불입상	경남 창녕군 창녕읍 말홀리 산20-3
15	경상남도유형문화재 121호	양화리 석조여래좌상	경남 고성군 대가면 양화리 428

순번	지정번호	불 상 명	소 재 지
16	경상남도유형 문화재 319호	함양 대덕리마애여래입상	경남 함양군 함양읍 대덕리 159-7
17	보물 377호	거창 양평동석조여래입상	경남 거창군 거창읍 양평리 479-1
18	경상남도유형 문화재 36호	농산리 석조여래입상	경남 거창군 북상면 농산리 산53
19	경상남도유형 문화재 311호	송림사지 석조여래좌상	경남 거창군 거창읍 합천리 216-5
20	경상남도유형 문화재 322호	거창 강남사지 석조여래입상	경남 거창군 위천면 상천리 1687
21	보물 491호	용화사 석조여래좌상	경남 양산시 물금읍 물금리 596 용화사
22	보물 265호	청량사 석조석가여래좌상	경남 합천군 가야면 황산리 973 청량사
23	전라남도유형 문화재 143호	영은사 석조여래좌상	전남 담양군 고서면 금현리 133
24	전라남도유형 문화재 186호	구례 대전리 석불입상	전남 구례군 광의면 대전리 산46
25	국보 117호	보림사철조비로자나불좌상	전남 장흥군 유치면 봉덕리 45 보림사
26	전라남도유형 문화재 46호	용화사 약사여래좌상	전남 장흥군 장동면 북고리 산43
27	전라남도유형 문화재 191호	장흥전의상암지석불입상	전남 장흥군 유치면 봉덕리 45 보림사
28	전라남도유형 문화재 86호	은적사철조비로사나불좌상	전남 해남군 마산면 장촌리 산44-3
29	국보 144호	월출산 마애여래좌상	전남 영암군 영암읍 회문리 산26-3
30	보물 131호	증심사철조비로사나불좌상	광주 동구 운림동 56 증심사
31	보물 600호	광주 약사암석조여래좌상	광주 동구 운림동 약사암

순번	지정번호	불 상 명	소 재 지
32	보물 41호	실상사 철제여래좌상	전북 남원시 산내면 입석리 50 실상사
33	보물 423호	남원 신계리마애여래좌상	전북 남원시 대산면 신계리 산18
34	전라북도유형 문화재 128호	과립리 석불입상	전북 남원시 이백면 과립리 520-1
35	충청남도문화 재자료 361호	홍성 구절암마애불	충남 홍성군 구항면 지정리 산101-2
36	충청남도유형 문화재 122호	몽산리 석가여래좌상	충남 태안군 남면 몽산리 742-2
37	충청북도유형 문화재 23호	청주용암사비로사나불좌상	충북 청주시 상당구 우암동 3
38	보물 433호	각연사석조비로사나불좌상	충북 괴산군 칠성면 태성리 38 각연사
39	보물 565호	심복사 석조비로사나불좌상	경기도 평택시 현덕면 덕목리 275 심복사
40	강원도유형 문화재 111호	강릉 보광리석조여래좌상	강원도 강릉시 성산면 보광리 산400
41	보물 541호	홍천 물걸리석조여래좌상	강원도 홍천군 내촌면 물걸리 589-1
42	보물 542호	홍천 물걸리 석조비로사나불좌상	강원도 홍천군 내촌면 물걸리 589-1
43	보물 544호	홍천 물걸리불대좌및광배	강원도 홍천군 내촌면 물걸리 589-1
44	강원도유형 문화재 20호	상동리 석불좌상	강원도 횡성군 공근면 상동리 495-1
45	국보 63호	도피안사철조비로자나불좌상	강원도 철원군 동송읍 관우리 450 도피안사
46	강원도문화 재자료 119호	양양서림사지석조비로자나불 좌상	강원도 양양군 서면 서림리 74-1

■ 경북지역 지정문화재 9세기 불상 현황 표

순번	지정번호	불 상 명	소 재 지
1	국 보 26호	불국사금동비로자나불좌상	경북 경주시 진현동 15
2	국 보 27호	불국사금동아미타여래좌상	경북 경주시 진현동 15
3	국 보 28호	백률사 금동약사여래입상	경북 경주시 인왕동 76
4	보 물 581호	월성골굴암마애여래좌상	경북 경주시 양북면 안동리 304
5	보 물 665호	낭산 마애 삼존불	경북 경주시 배반동 산17-1
6	보 물 666호	경주 삼릉계 석불 좌상	경북 경주시 배동 산71
7	보 물 913호	용장사지 마애여래좌상	경북 경주시 내남면 용장리 산 1-1
8	경상북도유형문화재 19호	삼릉계곡마애관음보살상	경북 경주시 배동 산72-6
9	경상북도유형문화재 21호	삼릉 계곡 선각 육존불	경북 경주시 배동 산72-6
10	경상북도유형문화재 112호	경주 침식곡 석불좌상	경북 경주시 내남면 노곡리 산125-1
11	경상북도유형문화재 113호	경주 열암곡 석불좌상	경북 경주시 내남면 노곡리 산123
12	경상북도유형문화재 114호	경주 약수계 마애입불상	경북 경주시 내남면 용장리 산 1
13	경상북도유형문화재 158호	삼릉계곡 마애석가여래좌상	경북 경주시 배동 산72-6
14	경상북도유형문화재 193호	보리사 마애석불	경북 경주시 배반동 산66-1
15	경상북도유형문화재 194호	경주동천동마애삼존불좌상	경북 경북 경주시 동천동 산4
16	경상북도유형문화재 195호	경주배리윤을곡마애불좌상	경북 경주시 배동 72-1
17	경상북도유형문화재 206호	백운대 마애불입상	경북 경주시 내남면 명계리 산161-2
18	경상북도문화재자료 11호	경주 노서동 석불입상	경북 경주시 노서동 156

순번	지정번호	불 상 명	소 재 지
19	경상북도 문화재자료 92호	경주안계리석조석가여래좌상	경북 경주시 강동면 안계리 산8-4
20	경상북도 문화재자료 96호	경주 활성리 석불입상	경북 경주시 외동읍 활성리 385-2
21	경상북도 문화재자료 98호	경주 근계리 입불상	경북 경주시 안강읍 근계리 산13
22	보 물 245호	오봉동 석조석가여래좌상	경북 김천시 남면 오봉리 65
23	보 물 307호	청암사수도암석조비로자나불좌상	경북 김천시 증산면 수도리 513
24	경상북도 문화재자료 289호	금릉 태화리석조보살입상	경북 김천시 봉산면 태화리 590
25	경상북도 문화재자료 311호	금릉옥율리석조아미타여래입상	경북 김천시 어모면 옥률리 995
26	보물 1121호	성주금봉리석조비로자나불좌상	경북 성주군 가천면 금봉리 산11-2
27	경상북도 문화재자료 366호	성주백운리마애여래입상	경북 성주군 수륜면 백운리 산 56-1
28	보물 492호	선산 해평동석조여래좌상	경북 구미시 해평면 해평리 526 보천사
29	보물 58호	안동 안기동 석불좌상	경북 안동시 안기동 1 52-13
30	경상북도유형 문화재 17호	마애석조비로자나불좌상	경북 안동시 풍산읍 마애리 28
31	경상북도유형 문화재 44호	안정사 석조여래좌상	경북 안동시 서후면 태장리 901 봉정사경내
32	보물 116호	영주 석교리 석불상	경북 영주시 순흥면 석교리 160-2
33	보물 220호	영주 북지리석조여래좌상	경북 영주시 부석면 북지리 141
34	보물 681호	흑석사 석조여래좌상	경북 영주시 이산면 석포리 산200
35	경상북도 문화재자료 148호	영주읍내리석조여래좌상	경북 영주시 순흥면 읍내리 314-2
36	경상북도 문화자료 223호	영풍두월리 약사여래석불	경북 영주시 이산면 두월리 산83
37	경상북도 문화재자료 282호	백룡사 석조여래좌상	경북 영주시 풍기읍 수철리 산17-1

순번	지정번호	불 상 명	소 재 지
38	보물 118호	상주 증촌리 석불입상	경북 상주시 함창읍 증촌리 258-2
39	보물 120호	상주 증촌리 석불좌상	경북 상주시 함창읍 증촌리 258-2
40	경상북도유형문화재제308호	문경 봉정리 약사여래좌상및 관세음 보살상	경북 문경시 산양면 봉정리 산56
41	경상북도문화재자료 제350호	관음리 석조반가사유상	경북 문경시 문경읍 관음리 산 60
42	보 물 246호	고운사석조석가여래좌상	경북 의성군 단촌면 구계리 116
43	경상북도유형문화재 136호	의성 관덕동석불좌상	경북 의성군 단촌면 관덕리 산 85
44	경상북도유형문화재 175호	의성정안동석조여래입상	경북 의성군 단북면 정안리 57-2
45	경상북도유형문화재 154호	봉화오전리석조아미타여래좌상	경북 봉화군 물야면 오전리 1144-1
46	경상북도유형문화재 273호	봉화 동면리 마애비로자나불입상	경북 봉화군 재산면 동면리 579
47	경상북도유형문화재 111호	영양 연당동 석불좌상	경북 영양군 입암면 연당리 361
48	보 물 424호	청룡사 석조여래좌상	경북 예천군 용문면 선리 520-2
49	보 물 427호	예천동본동석조여래입상	경북 예천군 예천읍 동본리 474-3
50	보 물 667호	한천사 철조여래좌상	경북 예천군 감천면 증거리 184
51	경상북도유형문화재 124호	예천흔효리석조여래입상	경북 예천군 풍양면 흔효리 49-4
52	경상북도문화재자료 145호	예천와룡동석조여래입상	경북 예천군 풍양면 와룡리 41
53	경상북도문화재자료 146호	동악사석조비로자나불좌상	경북 예천군 예천읍 동본리 487-1
54	경상북도문화재자료 351호	예천 승본동 석불입상	경북 예천군 보문면 승본리산 79
55	보 물 431호	관봉 석조여래좌상	경북 경산시 와촌면 대한리 산35
56	보 물 676호	영천 화남동 석불좌상	경북 영천시 신녕면 화남리 499

순번	지정번호	불 상 명	소 재 지
57	보 물 988호	군위 대율동 석불입상	경북 군위군 부계면 대율리 691
58	경상북도유형문화재 103호	군위하곡동석조여래입상	경북 군위군 군위읍 하곡리 산 32-1
59	경상북도유형문화재 258호	군위삼존석굴석조비로자나불좌상	경북 군위군 부계면 남산리 302
60	경상북도 문화재자료 제426호	군위 인각사 미륵당 석불좌상	경북 구위군 고로면 화북리 612

■ 전국 9세기 불상 양식의 특징

불 상 명	착의법	광배	대좌
간월사지 석조여래좌상	통견		파손이 심함
단성 석조여래좌상	우견편단	연화문,구름무늬 공양상이 있음.	8각대좌 보살상, 신장상, 연꽃무늬
고산암석조비로자나불좌상			4각 하대에 연꽃무늬, 중대에 사천왕상
불곡사석조비로자나불좌상	통견		8각 연꽃무늬, 보살상
용화전 석조 여래좌상	우견편단	주형광배 화염문, 화불	4각대좌
삼정자동 마애불	통견	머리와신체는 선으로 표시	물결무늬 U자형
무봉사 석조여래좌상	통견	넝쿨무늬 연꽃무늬 뒷면 약사여래	
청량사 석조석가여래좌상	우견편단	주형거신광배 불꽃무늬와 비천(飛天) 무늬	하대 복련 중대는보살상 신상(神像)
장춘사 석조여래좌상	우견편단	두광, 연화문 화염문	
창녕 송현동 석불좌상	우견편단	바위자체가 광배 역할	
관룡사용선대석조석가여래좌상	통견		연화문
감리 마애여래상	우견편단	주형광배 두광2줄선으로 둥글게 표현	
양화리 석조여래좌상	통견		
거창 양평동 석조여래입상	통견		연화대좌
농산리 석조여래입상	통견	화염문	원추형대좌 연꽃무늬
송림사지 석조여래입상			연꽃무늬
거창강남사지석조여래입상	통견		
용화사 석조여래좌상	우견편단	화염문, 운문 비천상	8각 연화문, 비천보살

불 상 명	착의법	광배	대좌
영은사 석조여래좌상	우견편단	주형광배	
보림사철조비로자나불좌상	통견		
용화사 약사여래좌상	통견	연화문 화염문	
장흥 전의상암지 석불입상	통견	거신광	
은적사철조비로자나불좌상	통견		
월출산 마애여래좌상	우견편단	연꽃무늬 화염문	
증심사철조비로자나불좌상	통견		
광주 약사암 석조여래좌상	우견편단		팔각 연화문대좌
실상사 철제 여래좌상	통견		
남원 신계리 마애여래좌상	우견편단		
몽산리 석가여래좌상	통견	주형광배	복련, 앙련 연꽃잎
청주용암사비로자나불좌상	통견		향로, 보살상
각연사석조비로자나불좌상	우견편단	화불 화염문, 운문	화려하고 복잡한 8각대좌
심복사석조비로자나불좌상	통견		중대석에 두 마리 사자 배치
홍천 물걸리 석조비로자나불좌상	통견		공양상, 악기연주하는 사람, 향로
홍천 물걸리 석조여래좌상	통견		8각형 향로, 가릉빈가 팔부중
상동리 석불좌상	통견		8각 연화좌
도피안사 철조 비로자나불좌상	통견		8각 연화좌
양양 서임사지 석조비로자나불좌상			8각 사자, 보살상
불국사금동비로자나불좌상	통견		
불국사금동아미타여래좌상	우견편단		
백률사 금동약사여래입상	통견		
월성 골굴암 마애여래좌상	통견		연화문, 화염문
낭산 마애삼존불	통견		
경주 삼릉계 석불좌상	우견편단		연화대좌, 안상
용장사지 마애여래좌상	통견		연화대좌

불 상 명	착의법	광배	대좌
삼릉계곡 마애관음보살상	통견		연화대좌
경주 침식곡 석불좌상	우견편단		8각 연화대좌
경주 열암곡 석불좌상	통견		
경주 약수계 마애불입상	통견		
백운대 마애불입상	통견		
경주 노서동 석불입상	우견편단		
경주 안계리 석가여래좌상	우견편단		
경주 활성리 석불입상	통견	주형광배 화염문	
경주 근계리 입불상	통견	주형광배 여래좌상	
청암사 수도암 석조비로자나불좌상	통견		3마리 사자
성주 금봉리 석조비로자나불좌상	통견	화염문, 화불	8각 연화대좌 사자와 구름무늬
선산 해평동 석조여래좌상	통견	화염문,보상화 화불	8각대좌, 운문
마애 석조비로자나불좌상	통견		8각 연화대좌 보살상, 안상
영주 석교리 석불상	통견		
영주 북지리석조여래좌상	통견	화불	8각대좌 팔부중상
흑석사 석조여래좌상	통견	화염문	8각 하대석
영주 읍내리 석조여래좌상	우견편단		
백룡사 석조여래좌상	통견	주형광배	
상주 증촌리 석불입상	통견	화염문	
상주 증촌리 석불좌상	통견		8각 연화대좌
고운사 석조석가여래좌상	우견편단	주형광배 연화문, 덩쿨무늬, 화염문	3단 8각연화대좌
의성 관덕동 석불좌상	통견		
의성 정안동 석조여래입상	통견		
봉화 오전리 석조아미타여래좌상	우견편단		8각 연화대좌 사천왕 입상
봉화 동면리 마애비로자나불입상	통견	거신광배 화염문	
영양 연당동 석불좌상	통견		3단의 8각대좌

불 상 명	착의법	광배	대좌
청룡사 석조여래좌상	통견	연화문,화염문 보상화문	8각대좌
예천 동본동 석조여래입상	통견		
한천사 철조여래좌상	우견편단		
동악사석조비로자나불좌상	우견편단		
예천 승본동 석불입상	통견		
동화사 입구 마애불좌상	통견	주형광배	구름무늬
동화사 비로암 석조비로자나불좌상	통견	주형광배 화염문,삼존불	사자
팔공산 마애약사여래좌상	우견편단	화염문	용 두 마리
대구 송정동 석불입상	통견		
영천 화남동 석불좌상	통견		중엽복판연화문
군위 대율동 석불입상	통견		
군위 하곡동 석불입상	통견		
군위삼존굴 앞 석조비로자나불좌상	통견		

■ 전국 지정문화재 불상 현황

[국보]

지정종목	명칭	조성년대	소재지
국보 24	석굴암석굴	751년	경북경주석굴암
26	불국사금동비로자나불좌상	통신	경주불국사비로전
27	불국사금동아미타여래 좌상	통신	경주불국사극락전
28	백율사금동약사여래입상	통신	경주국립박물관
42	목조삼존불감	당나라	전남순천송광사
45	*부석사소조여래좌상*	고려	경북영주부석사
58	장곡사철조약사여래좌상부석조대좌	통신	충북청양장곡사
63	도피안사철조비로자나불좌상	865년	강원철원도피안사
72	*금동계미명삼존불*	563년	서울간송미술관
73	금동삼존불감	고려	서울간송미술관
78	*금동미륵보살반가상*	삼국	국립중앙박물관
79	경주구황리금제여래좌상	706년	국립중앙박물관
80	경주구황리금제여래입상	706년	국립중앙박물관
81	감산사석조미륵보살입상	720년	국립중앙박물관
82	감산사석조아미타불입상	통신	국립중앙박물관
83	*금동미륵보살반가상*	삼국	국립중앙박물관
84	서산마애삼존불상	백제	충남서산
85	*금동신묘명삼존불*	571년	서울리움미술관
106	계유명전씨아미타불삼존석상	673년	국립청주박물관
108	계유명삼존천불비상	673년	국립공주박물관
109	군위삼존석굴	통신	경북군위
117	보림사철조비로자나불좌상	통신	전남장흥보림사
118	금동미륵반가상	통신	서울리움미술관
119	연가7년명금동여래입상	539년	국립중앙박물관
123	금동여래입상	통신	국립전주박물관
124	한송사석조보살좌상	고려	국립중앙박물관

지정종목	명칭	조성년대	소재지
128	금동관음보살입상	백제	용인호암미술관
129	금동보살입상	통신	서울리움미술관
134	*금동보살삼존상*	백제	서울리움미술관
127	삼양동금동관음보살입상	삼국	국립중앙박물관
144	월출산마애여래좌상	고려	전남영암
182	금동여래입상	통신	국립대구박물관
183	금동보살입상	신라	국립대구박물관
184	금동보살입상	신라	국립대구박물관
186	양평금동여래입상	삼국	국립중앙박물관
199	단석산신선사마애불상군	신라	경북경주단석산
200	금동보살입상	통신	부산시립박물관
201	봉화북지리마애여래좌상	신라	경북봉화
221	상원사목조동자상	조선	강원평창상원사
247	공주의당금동보살입상	백제	국립공주박물관
282	*흑석사목조아미타불좌상및복장유물*	1458년	국립대구박물관
293	금동관세음보살입상	삼국	국립중앙박물관
307	태안마애삼존불	삼국	충남태안
308	대흥사북미륵암마애여래좌상	고려	전남해남

[보물]

지정종목	명　　　칭	조성년대	소재지
보물 8	고달사지석불좌	고려	경기여주고달사지
31	만복사지석좌	고려	전북남원만복사지
41	실상사철제여래좌상	통신	전북남원실상사
42	용담사지석불입상	고려	전북남원만복사지
43	만복사지석불입상	고려	전북남원만복사지
45	익산연동리석불좌상	백제	전북익산
46	익산고도리석불입상	고려	전북익산
58	안동안기동석불좌상	통신	경북안동
60	영주리석불입상	통신	경북영주
62	*경주서악리마애석불상*	통신	경북경주
63	경주배리석불입상	삼국	경북경주
71	*함안대산리석불*	고려	경남함안
75	*창녕송현동석불좌상*	통신	경남창녕
81	*한송사지석불상*	고려	강릉시립박물관
84	*신복사지석불좌상*	고려	국립중앙박물관
89	도갑사석조여래좌상	고려	전남영암도갑사
93	*파주용미리석불입상*	고려	경기파주
96	괴산미륵리석불입상	고려	충북충주
97	괴산원풍리마애불좌상	고려	충북괴산
98	충주철불좌상	고려	충북충주대원사
100	안국사지석불입상	고려	충남당진
108	부여정림사지석불좌상	1025년	충남부여
115	안동이천동석불상	고려	경북안동
116	영주석교리석불상	통신	경북영주
118	상주증촌리석불입상	통신	경북상주용화사
119	상주복용리석불 좌상	고려	경북상주
120	상주증촌리석불 좌상	통신	경북상주
121	굴불사지석불상	통신	경북경주
122	경주두대리마애석불입상	통신	경북경주

지정종목	명　칭	조성년대	소재지
보물 131	증심사철조비로자나불좌상	통신	광주동구증심사
136	경주남산미륵곡석불좌상	통신	경북경주
139	월정사석조보살좌상	고려	강원평창월정사
159	방어산마애불	통신	경남함안
174	장곡사철조비로자나불좌상및석조대좌	고려	충남청양장곡사
187	경주남산용장사곡석불좌상	통신	경북경주
196	금동석가여래입상	삼국	국립부여박물관
197	청양석조삼존불입상	고려	충남청양
198	경주남산불곡석불좌상	삼국	경북경주
199	경주남산신선암마애보살반가상	통신	경북경주
200	경주남산칠불암마애석불	통신	경북경주
201	경주남산탑곡마애조상군	통신	경북경주
203	청도박곡동석조석가여래좌상	통신	경북청도
215	북한산구기리마애석가여래좌상	고려	서울종로
216	법주사마애여래의상	고려	충북보은법주사
217	대조사석조미륵보살입상	고려	충남부여
218	관촉사석조미륵보살입상	968년	충남논산
219	개태사지석불입상	고려	충남논산
220	영주북지리석조여래좌상	통신	경북영주부석사
221	영주가흥리마애삼존불상	통신	경북영주
222	합천치인리마애불입상	통신	경남합천
224	동화사입구마애불좌상	통신	대구동화사
227	창녕탑금당치성기문비	통신	경남창녕
244	동화사비로암석조비로자나불좌상	통신	대구동화사
245	오봉동석조석가여래좌상	758년	경북김천
246	고운사석조석가여래좌상	통신	경북의성
264	해인사석조여래입상	통신	경남합천해인사
265	청량사석조석가여래좌상	통신	경남합천청량사
279	선운사금동보살좌상	조선	전북고창선운사
280	선운사지장보살좌상	고려	전북고창선운사
284	금동여래입상	통신	서울간송미술관

지정종목	명　　　　　칭	조성년대	소재지
보물 285	금동보살입상	삼국	서울간송미술관
295	관룡사용선대석조석가여래좌상	통신	경남창녕관룡사
296	청암사수도암약광전석불좌상	고려	경북김천청암사
307	청암사수도암비로자나불좌상	통신	경북김천청암사
317	운문사석조여래좌상	고려	경북청도운문사
318	운무사사천왕석주	통신	경북청도운문사
319	직지사석조약사여래좌상	통신	경북김천직지사
328	금동약사여래입상	통신	국립중앙박물관
329	군수리석조여래좌상	삼국	국립부여박물관
330	군수리금동미륵보살입상	삼국	국립부여박물관
331	방형대좌금동미륵보살반가상	삼국	국립중앙박물관
332	춘궁리철조석가여래좌상	고려	국립중앙박물관
333	금동보살입상	삼국	국립중앙박물관
335	석조여래좌상	통신	경북대박물관
337	장곡사금동약사여래좌상	1346년	충남청양장곡사
355	홍성신경리마애석불	고려	충남홍성
367	기축명아미타여래제불보살석상	통신	청주국립박물관
368	미륵보살반가석상	통신	청주국립박물관
370	간월사지석조여래좌상	신라	울산간월사지
371	단성석조여래좌상	통신	경남진주
375	함양마천면마애여래입상	고려	경남함양
376	함양석조여래좌상	고려	경남함양
377	거창양평동석조여래입상	통신	경남거창
378	거창상동석조관음입상	고려	경남거창
401	금동여래입상	통신	서울호암미술관
406	덕주사마애불	고려	충북제천덕주사
407	천원삼태리마애불	고려	충남천안
409	영탑사금동삼존불	고려	충남당진영탑사
415	기림사건칠보살좌상	1501년	경북경주기림사
422	선원사철조여래좌상	고려	전북남원선원사
423	남원신계리마애여래좌상	통신	전북남원

지정종목	명 칭	조성년대	소재지
424	청룡사석조여래좌상	통신	경북예천청룡사
425	청룡사석조비로자나불좌상	고려	경북예천청룡사
427	예천동본동석조여래좌상	통신	경북예천
431	관봉석조여래좌상	통신	경북경산
433	각연사석조비로자나불좌상	통신	충북괴산각연사
436	불곡사석조비로자나불좌상	통신	경남창원불곡사
461	나주철천리칠불석상	고려	전남나주
462	나주철천리석불입상	고려	전남나주
490	금오산마애보살입상	고려	경북구미
491	용화석조여래좌상	통신	경남양산용화사
492	선산해평동석조여래좌상	통신	경북구미보천사
493	무봉사석조여래좌상	통신	경남밀양무봉사
508	예산삽교석조여래좌상	고려	충남예산
512	단호사철불좌상	고려	충북충주단호사
513	영천선원동철불좌상	고려	경북영천
514	은해사운부암청동보살좌상	조선	경북영천은해사
519	관룡사석조여래좌상	신라	경남창녕관룡사
530	*가섭암지마애삼존불상*	고려	경남거창
536	아산평촌리약사여래입상	고려	충남아산
541	홍천물걸리석조여래좌상	고려	강원홍천
542	홍천물걸리석조비로자나불좌상	통신	강원홍천
543	홍천물걸리불대좌	신라	강원홍천
544	홍천물걸리불대좌및광배	신라	강원홍천
546	청풍석조여래입상	통신	충북제천
565	심복사석조비로자나불좌상		경기평택심복사
567	만기사철조여래좌상	고려	경기평택만기사
581	월성골굴암마애여래좌상	통신	경북경주
600	*광주약사암석조여래좌상*	통신	광주동구약사암
615	강화하점면석조여래입상	고려	인천강화
643	금동미륵보살반가사유상	삼국	용인호암미술관
649	무인명석불상부대좌	678년	충남연기연화사

지정종목	명 칭	조성년대	소재지
보물 650	칠존석불상	678년	충남연기연화사
655	성주노석동마애불상군	통신	경북칠곡
657	삼천사지마애여래입상	고려	서울은평
665	낭산마애삼존불	통신	경북경주
666	경주삼릉계석불좌상	통신	경북경주
667	*한천사철조여래좌상*	통신	경북예천
676	*영천화남동석불좌상*	고려	경북영천
679	*금릉광덕동석조보살입상*	고려	경북김천
680	*영주신암리마애삼존석불*	통싱	경북영주
681	흑석사석조여래좌상	통신	경북영주흑석사
731	의령보리사지금동여래입상	통신	동아대박물관
742	납석삼존불비상	통신	동국대도서관
779	금동여래입상	삼국	서울리움미술관
780	금동보살입상	삼국	서울리움미술관
794	예산화천리사면석불	백제	충남예산
797	운주사석조불감		전남화순운주사
808	금동탄생불		서울호림박물관
822	영월암마애여래입상	고려	경기이천
913	용장사지마애여래좌상	통신	경북경주
914	정읍보화리석불입상	백제	전북정읍
927	금동관음보살입상	통신	서울리움미술관
944	보성유신리마애여래좌상	고려	전남보성
946	금둔사지석불비상	통신	전남순천금둔사
958	기림사소조비로자나삼존불상	조선	경북경주기림사
979	공주서혈사석불좌상		국립공주박물관
980	화성봉림사목아미타불좌상	고려	경기화성봉림사
981	태평2년명마애약사불좌상	977년	경기하남선법사
982	*태평흥국명마애보살좌상*	981년	경기이천
983	안성봉업사석불입상		경기안성칠장사
984	*영동신화리삼존불입상*		충북영동
985	청주용화사석불상군		충북청주용화사

지정종목	명칭	조성년대	소재지
보물 985	청주용화사석불상군		충북청주용화사
986	청양운장암금동보살좌상	고려	충남청양운장암
987	당진신암사금동불좌상		충남당진신암사
988	군위대율동석불입상		경북군위
989	예천용문사대장전목불좌상및목각탱	1684년	경북예천용문사
990	*상주남장사철불좌상*		경북상주남장사
991	*문경대승사금동보살좌상*		경북문경대승사
992	*대구파계사건칠보살좌상및복장유물*		대구동구파계사
993	*영덕장육사건칠보살좌상*	1395년	경북영덕장육사
994	강화백련사철아미타불좌상		인천강화백련사
995	봉화축서사석불좌상부광배		경북봉화축서사
996	영풍비로사석아미타및석비로자나불좌상		경북영주비로사
997	봉화북지리석반가사유상		대구경북대학교
998	양산미타암석아미타불입상		경남양산미타암
999	해인사목조희랑대사상		경남합천해인사
1000	승가사석조승가대사상	1024년	서울종로승가사
1021	석남암수석조비로자나불좌상	766년	경남산청내원사
1047	금동대세지보살좌상		서울호림박물관
1121	성주금봉리석조비로자나불좌상		경북성주
1122	구미황상동마애여래입상		경북구미
1123	개령암지마애불상군		전북남원
1134	*도갑사소장동자상*		전남영암도갑사
1182	백담사목조아미타불좌상부복장유물	1748년	강원인제백담사
1200	*선운사도솔암마애불*	고려	전북고창선운사
1213	*밀양천황사석불좌상*		경남밀양천황사
1232	진주청곡사목조제석천대범천의상	조선	경남진주
1254	보림사목조사천왕상	1515년	전남장흥보림사
1255	완주송광사소조사천왕상	1649년	전북완주송광사
1274	완주송광사소조삼불좌상및복장유물	조선	전북완주송광사
1292	삼화사철조노사나불좌상	880년	강원동해
1312	무위사목조아미타삼존불좌상	1478년	전남강진무위사

지정종목	명칭	조성년대	소재지
1324	*시흥소래산마애상*	고려	경기시흥
1327	정덕십년명석조지장보살좌상	1515년	국립중앙박물관
1360	*법주사소조삼불좌상*	1626년	충북보은법주사
1361	법주사목조관음보살좌상	1655년	충북보은법주사
1362	낙산사건칠관음보살좌상	조선	강원양양낙산사
1377	불갑사목조삼세불좌상	조선	전남영광불갑사
1378	쌍계사목조삼세불좌상및사보살입상		전남하동쌍계사
1381	수덕사목조삼세불좌상일괄	조선	충남예산수덕사
1401	중원봉황리마애불상군	삼국	충북충주
1417	법주사희견보살상	통신	충북보은법주사
1436	거창농산리석불입상	통신	경남거창
1467	순천송광사소조사천왕상	1628년	전남순천송광사
1475	안압지출토금동판불상일괄		국립경주박물관
1507	광주자운사목조아미타불좌상및복장유물	고려	광주동구자운사
1516	귀신사소조비로자나삼불좌상	조선	전북김제귀신사
1517	선국사건칠아미타불좌상및복장유물		경기성남선국사
1526	범어사목조석가여래삼존좌상	1661년	부산금정범어사
1527	*충주백운암철조여래좌상*		충북충주백운암
1544	나주심향사건칠아미타여래좌상	고려	전남나주심향사
1545	나주불회사건칠비로자나불좌상	고려	전남나주불회사
1546	구례천은사금동불감	고려	전남구례천은사
1547	해남대흥사금동관음보살좌상	조선	전남해남대흥사
1548	구례화엄사목조비로자나삼불좌상	1636년	전남구례화엄사
1549	순천송광사목조석가여래삼존상및소조16나한상일괄	1624년	전남순천송광사
1550	여수흥국사목조석가여래삼존상	조선	전남여수흥국사

지정종목	명칭	조성년대	소재지
시도유형 문화재 2	십신사지석불	고려	광주시립민속박물관
3	팔공산마애약사여래좌상	통신	대구동구동화사
4	운천사마애여래좌상	고려	광주서구운천사
4	*일산동석불좌상*		원주시립박물관
4	*용암사지석불*	고려	경남진주
5	진잠성북리석조보살입상	고려	대전유성봉소사
5	관음좌상	명,청	인천시립박물관
6	*어물동마애여래좌상*	통신	울산북구
6	중교리석조여래좌상		경남의령정곡초교
7	*장춘사석조여래좌상*	통신	경남함안장춘사
8	원효사출토유물		광주북구원효사
9	영산구계리석조여래좌상	고려	경남창녕
12	*태봉사삼존석불*		전북익산태봉사
13	목조여래좌불상	조선	인천시립박물관
13	장성원덕리미륵석불		전남장성미륵암
14	동화사염불암마애여래좌상및 보살좌상	통신	대구동구동화사
14	목조보살좌불상	조선	인천시립박물관
14	*증심사석조보살입상*	고려	광주동주증심사
15	북지장사석조지상보살좌상	통신	대구동구북지상사
15	문수사석조아미타여래좌상	1787년	울산울주문수사
16	관음사목조관음보살좌상	1698년	제주시관음사
17	*마애석조비로자나불좌상*	통신	경북안동
17	*보도각백불*	고려	서울서대문옥천암
17	*용암사마애불*		충북옥천용암사
17	*용장사석불좌상*	고려	전남진도용장사
18	보림사목조관음보살좌상	조선	제주보림사
18	중원원평리미륵석불	고려	충북충주
18	*금당사목불좌상*	1675년	전북진안금당사
18	신무동마애불좌상	고려	대구동구

지정종목	명칭	조성년대	소재지
시도유형 문화재19	삼릉계곡마애관음보살상		경북경주
19	보문산마애여래좌상	고려	대전동구
20	상동리석불좌상	통신	강원횡성
20	팔공산동봉석조약사여래입상	고려	대구동구
20	서산사소장목조보살좌상및복장일괄		제주서귀포
21	삼릉계곡선각육존불		경북경주
21	신무동삼성암지마애약사여래입상	고려	대구동구
22	읍하리석불좌상		강원횡성
22	송정동석불입상	통신	대구동구
23	정방사소장석조여래좌상및복장유물일괄	조선	제주서귀포
23	대복사철불좌상		전북남원대복사
23	청주용암사비로자나불좌상		충북청주용암사
23	금성산석불좌상		충남부여
24	부여석목리석조비로자나불좌상		충남부여
24	청주보살사석조이존병립여래상		충북청주보살사
24	석조여래좌상	신라	서울종로
24	월계사소장목조아미타불좌상	조선	제주월계사
25	상원사지석탑및광배		강원원주상원사
25	삼광사소장목조보살좌상	조선	제주삼광사
26	용문사소장목조석가여래좌상	조선	제주용문사
26	용화사석불입상		대전대덕용화사
27	광주덕림사소장지장보살상과시왕및그권속	1680년	광주남구덕림사
28	고봉국사주자원불		전남춘천송광사
28	선운사영산전목조삼존불상	조선	전북고창선운사
29	천은사나용화상원불		전남구례천은사
29	보문사마애석불좌상	1928년	인천강화
29	단계리석조여래좌상		경남산청
30	석조미륵불입상	고려	서울간송미술관
30	비래사목조비로자나불좌상	1650년	대전대덕비래사
30	괴산봉학사지석조여래좌상		충북괴산봉학사

지정종목	명 칭	조성년대	소 재 지
시도유형 문화재 31	심광사목조석가모니불좌상	1637년	대전동구심광사
31	석조비로자나불좌상	고려	서울간송미술관
32	함양이은리석불		경남함양
32	고산사목조석가모니불좌상	조선	대전동구고산사
33	승안사지석조여래좌상		경남함양
33	선운사약사여래불상	조선	전북고창선운사
34	문수사금동여래좌상	1346년	충남서산문수사
34	도선사석불	조선	서울강북도선사
35	포초골미륵좌불	고려	경기여주
35	달성용봉동석불입상		대구달성
36	기솔리석불입상	고려	경기안성
37	매산리석불입상	고려	경기안성
38	해인사대적광전비로자나불삼존상	조선	경남함천해인사
39	다솔사보안암석굴		경남사천다솔사
40	약사사석불	조선	서울강서약사사
40	진영봉화산마애불	고려	경남김해
41	해인사법보전비로자나불좌상	조선	경남합천해인사
42	용운사지석조비로자나불좌상		강원원주
42	전등사대웅보전목조삼존불좌상	1623년	인천강화전등사
42	대동사지석조여래좌상	통신	경남합천
43	용화전석조여래좌상	고려	경남창원성산패총
44	지당리석불입상		전북남원
44	안정사석조여래좌상		경북안동봉정사
44	극락사지석조여래입상	고려	경남함양
45	정서리석조여래입상	고려	경남하동
46	용화사약사여래좌상		경남장흥용화사
46	감리마애여래상	통신	경남창녕
46	심경암석불좌상		전북남원심경암
47	낙동리석조여래입상		전북남원
47	목조관음보살좌상	1730년	부산서구내원정사

지정종목	명칭	조성년대	소재지
시도유형문화재 48	오량석조여래좌상	고려	경남거제
49	가산리마애여래입상	고려	경남양산
49	*봉천동마애미륵불*	1630년	서울관악
50	갑사석조약사여래입상		충남공주갑사
50	유가사석조여래좌상	고려	대구달성유가사
51	갑사석조보살입상		충남공주갑사
52	대흥사천불상	1813년	전남해남대흥사
52	상원사목조보살좌상	조선	강원도평창상원사
53	*월정사육수관음상*		강원평창월정사
54	논산신풍리마애불		충남논산
55	*논산덕평리석조여래입상*		충남논산
56	비안면자락동석조여래좌상	고려	경북의성
56	전등사명부전지장시왕상및시왕도일습	조선	인천강화전등사
57	전등사약사전석불좌상		인천강화전등사
58	용화사석조여래입상		충남천안용화사
64	나주만봉리석조여래입상		전남나주
66	영암학계리석불입상		전남영암
67	원주봉산동석조보살입상		강원원주
67	평거석조여래좌상	고려	경남진주
68	원주봉산동석불좌상		원주시립박물관
69	예산상항리석불	조선	충남예산
70	범어사관음전목조관음보살좌상		부산금정범어사
71	범어사비로전목조비로자나삼존불상		부산금정범어사
72	범어사미륵전목조여래좌상		부산금정범어사
74	영월무릉리마애여래좌상		강원영월
75	*지장사철불좌상*		서울동작지장사
75	광덕사석불입상	고려	충북증평광덕사
76	중원창동마래불		충북충주
78	초선대마애석불	고려	경남김해
82	*임실용암리사지석조비로자나불상*		전북임실

지정종목	명　　칭	조성년대	소재지
시도유형 문화재 84	수만리마애석불		전북완주
86	오수리석불		전북임실
86	은적사철조비로자나불좌상		전남해남은적사
87	학정리석불		전북임실
87	홍성상하리미륵불		충남홍성
88	광주유정리석불좌상	조선	경기광주
88	은진관촉리비로자나불석불입상		충남논산
89	보타사마애불	고려	서울승가학원
91	진천태화4년명마애불입상	830년	충북진천
91	연산천호리비로자나석불		충남논산
92	대성사목불좌상	일제	서울서초대성사
93	원지동석불입상및석탑		서울서초
94	경주남산입곡석불두		경북경주
94	삼막사마애삼존불	조선	경기안양
96	양산호계리마애불		경남양산
97	안성죽산리석불입상	고려	경기안성
97	용흥리석불입상		전북정읍
98	후지리탑동석불		전북정읍
98	삼정자동마애불	통신	경남창원
98	여주계신리마애여래입상	고려	경기이주
99	남복리미륵암석불		전북정읍미륵암
99	심향사아미타여래좌상		전남나주심향사
100	무량사오층석탑출토유물		충남부여무량사
102	망경암마애여래좌상	1897년	경기성남망경암
103	군위하곡리석조여래입상	통신	경북군위
104	청동여래좌상,청동사리탑	고려	경남양산통도사
106	청동여래입상	월씨국	경남양산통도사
107	이천어석리석불입상	고려	경기이천
109	석남사마애여래입상	고려	경기안성석남사
111	영양연당동석불좌상	889년	경북영양

지정종목	명 칭	조성년대	소재지
시도유형 문화재 111	*영탑사약사여래상*	고려	충남당진영탑사
111	강릉보광리석조여래좌상		강원강릉
112	경주침식곡석불좌상		경북경주
113	경주열암곡석불좌상	통신	경북경주
113	청주정하리마애비로자나불좌상		충북청주
114	청원비중리일광삼존불상		충북청원
114	경주약수계곡마애입불상		경북경주
115	화천성불사지석불입상		강원화천
115	칠장사소조사천왕상	조선	경기안성칠장사
116	*사리석조광배*	통신	경남창녕
117	원주흥양리마애불좌상	고려	강원원주
118	망제동석불입상		전북정읍
118	*원주수암리마애삼존불상*	고려	강원원주
118	고령개포동석조관음보상좌상	985년	경북고령
118	용봉사마애불	799년	충남홍성용봉사
119	원주평장리마애공양보살상	고려	강원원주
119	소고리마애여래좌상	고려	경기이천
120	*문수산마애보살상*	고려	경기용인
120	세전리석불입상		전북남원
120	*선산궁기동석불상*		경북구미
120	원주매지리석조보살입상	고려	강원원주
121	*양화리석조여래좌상*	통신	경남고성대무량사
121	봉암사마애보살좌상		경북문경봉암사
121	만월암석불좌상	1700년	서울도봉만월암
121	홍천수타사소조사천왕상	1676년	강원홍천수타사
122	*몽산리석가여래좌상*		충남태안
122	보성반석리석불좌상		전남보성
122	*안양암석감마애관음보살상*	1909년	서울종로안양암
122	교사리삼존석불		경남고성석불암
123	*청림리석불좌상*		전북부안개암사

지정종목	명 칭	조성년대	소재지
시도유형 문화재 124	학도암마애관음보상좌상	1870년	서울노원학도암
124	*예천흔효리석조여래입상*		경북예천
124	진천사곡리마애여래입상		충북진천
125	영주읍여래석불입상		경북영주
125	양구심곡사목조아미타삼존불좌상및복장유물	1716년	강원양구심곡사
126	*조계사목석가불좌상*	조선	서울종로조계사
126	동해지상사철불좌상	고려	강원홍천쌍계사
128	괴산삼방리마애여래좌상		충북괴산
128	과립리석불입상		충북괴산
128	*영월서곡정사석조약사여래입상*	고려	강원영월서곡정사
129	*강릉송라사석조약사여래좌상*	고려	강원강릉송라사
130	음성미타사마애여래입상	고려	충북음성미타사
130	영원사목불좌상및복장유물	조선	강원평창월정사
131	봉화의양리석조여래입상		경북봉화
131	월정사북대고은암목조석가여래좌상및복장유물	1710년	강원평창월정사
132	운흥사목조아미타불좌상및복장유물	조선	강원평창월정사
132	봉화봉성리석조여래입상		경북봉화
132	서산여미리석불입상	고려	충남서산
133	구례사도리석불좌상		전남구례
133	*천성사석조여래입상*		경북봉화천성사
133	사현사석조여래좌상		서울은평사현사
136	*본원정사목조지상보살좌상*	조선	서울강북본원정사
136	이명산석조여래좌상	통신	경남하동
136	의성관덕동석조보살좌상	통신	경북의성군
138	용문사석불	통신	경남남해용문사
138	진천용화사석불입상		충북진천용화사
140	부여홍산상천리마애불입상		충남부여
140	괴산도명산마애불		충북괴산
142	중흥사석조지장보살반가상	고려	전남광양중흥사
143	영은사석조여래좌상	고려	전남담양영은사

지정종목	명　　　칭	조성년대	소재지
시도유형 문화재 143	속초신흥사목조아미타삼존불좌상및 복장유물	1651년	강원속초신흥사
143	진관사나한전소조석가삼존불상	조선	서울은평진관사
144	오감사지석불좌상	고려	충북충주
144	태백장명사목불좌상		강원태백장명사
144	담양분향리석불입상	고려	전남담양
144	진관사나한전소조십육나한상	조선	사울은평진관사
145	임실이도리미륵불상		전북임실운수사
146	*강릉청학사소장석조관음보살상및복장유물*	조선	강원강릉청학사
147	삼척천은사목조아미타삼존불상	조선	강원삼척천은사
148	삼척천은사금동약사여래입상	통신	강원평창월정사
149	영암월곡리마애여래좌상	고려	전남영암
149	강릉관음사소장목조관음보살좌상	조선	강원강릉관음사
150	청수순치명석불입상	1652년	충북청주
151	수원봉령사석조삼존불	고려	경기수원봉령사
151	도봉사철불좌상		서울도봉도봉사
153	적천사목조사천왕의좌상	1690년	경북청도적천사
154	봉화오전리석조마이타여래좌상		경북봉화
155	포천석조여래입상	고려	경기포천
156	파주마애사면석불	고려	경기파주
156	*청룡사관음보살좌상*	1655년	전북김제
157	무성리석불입상	고려	전북정읍
158	보령금강암석불및비편	조선	충남보령금강암
158	삼릉계곡마애석가여래좌상		경북경주
158	*고흥용산리석조보살좌상*		전남고흥
159	불갑사사천왕상	조선	전남영광불갑사
159	*삼릉계곡선각여래좌상*		경북경주
160	여주도곡리석불좌상	고려	경기여주
160	공주은영사목조관음보살좌상	조선	충남공주영은사
160	봉은사목사천왕입상		서울강남봉은사
161	고산사석불입상		전남장흥고산사

지정종목	명　　　　칭	조성년대	소재지
시도유형 문화재 162	*보광사목조여래좌상*	조선	경기과천보광사
162	금동보살좌상		서울역사박물관
162	여원치마애불상		전북남원
164	무량사극락전소조아미타삼존불		충남부여무량사
165	순평사금동여래좌상	고려	전북순창순평사
165	갑사소조삼세불		충남공주갑사
166	백장암보살좌상	조선	전북남원백장암
167	정수사목조아미타여래삼존상	1652년	전북완주정수사
167	전송림사출토청동불구일괄		국립중앙박물관
168	천안성거산천성사명금동보살입상	1640년	충남천안만일사
168	송광사명부전소조지장보살삼존상및권속상일괄	1640년	전북완주송광사
168	동화사석조비로자나불좌상		충북청원동화사
168	금동아미타불좌상		서울역사박물관
169	송광사오백나한전목조석가여래삼존상및권속일괄	1656년	전북완주송광사
169	천안성불사마애석가삼존.16나한및불입상		충남천안성불사
170	안성청룡사금동관음보살좌상	1722년	경기안성청룡사
171	용화사미륵불입상	고려	전북부안용화사
171	양평상자포리마애여래입상	고려	경기양평
171	성불사금동보현보살좌상	고려	서울종로성불사
171	함평해보리석불입상		전남함평
172	양평용문사금동관음보살좌상	조선	경기양평용문사
172	삼길암목조관음보살좌상및복장유물일괄	조선	충남예산수덕사
173	괴산개심사목조여래좌상과목조관음보살좌상		충북괴산개심사
174	청주서기사석조약사여래좌상		충북청주서기사
175	문수사마애여래좌상	고려	전북김제
175	논산상도리마애불	고려	충남논산
175	의성정안동석조여래입상		경북의성
176	의정부약수선원목조보살입상	조선	경기의정부
176	의성월소동석조비로자나불좌상		경북의성지장사
176	부여무량사지장보살및시왕상일괄	1872년	충남부여무량사

지정종목	명 칭	조성년대	소재지
시도유형 문화재 177	의성안사동석조여래좌상		경북의성
177	문수사목조석가여래좌상	1610년	전북김제문수사
178	문수사목조아미타여래좌상	1715년	전북김제문수사
178	무안약사석불입상		전남무안약사사
179	개암사응진전16나한상	1677년	전북부안개암사
181	옥산사마애약사여래좌상		경북안동옥산사
181	흥복사대웅전목조삼존불좌상	1676년	전북김제흥복사
181	쌍계사목조여래좌상		경기안산쌍계사
182	운선암마애여래상	고려	전북고창운선암
183	북고사목조아미타여래좌상	조선	전북무주북고사
183	현등사목조아미타좌상		경기가평현등사
184	현등사청동지장보살좌상	조선	경기가평현등사
184	팔정사목대세지보상좌상	조선	서울성북팔정사
184	은적사석가여래삼존상	조선	전북군산은적사
186	구산동마애불		경남김해
186	*구례대전리석불입상*		전남구례
188	숭림사보광전목조석가여래좌상	1613년	전북익산숭림사
188	*강진옥련사목조여래좌상*	1684년	전남강진옥련사
189	진천노원리석조마애여래입상		충북진천
189	*숭림사영원전지장보살좌상및권속*	1634년	전북익산숭림사
190	안양암대웅전아미타삼존상	조선	서울종로안양암
190	혜봉원목조석가여래삼존상	1712년	전북익산혜봉원
190	고양상운사목조아미타삼존불		경기고양상운사
191	채운암목조여래좌상	1723년	충북괴산채운암
191	*장흥전의상암지석불입상*	통신	전남장흥보림사
191	*심곡사명부전지장보살좌상및권속*		전북익산심곡사
191	도선사목아미타.대세지보살좌상	조선	서울강북도선사
192	담양오룡리석불입상	고려	전남담양
192	도선사석나반존자독성상	조선	서울강북도선사
193	장흥구룡리마애여래좌상	고려	전남장흥

지정종목	명　　　칭	조성년대	소재지
시도유형 문화재 193	*보리사마애석불*		경북경주보리사
193	*용암사목조아미타여래좌상*	1651년	충북옥천용암사
193	불주사목조관음보살좌상	1647년	전북군산불주사
194	경주동천동마애삼존불좌상		경북경주
194	*불주사목조아미타여래좌상*	1666년	전북군산불주사
194	고산사석조관음보살좌상	조선	충북제천고산사
195	정혜사석조보살입상	고려	전북정읍정혜사
195	고산사석조나한상	조선	충북제천고산사
195	*경주배리윤을곡마애불좌상*	835년	경북경주
196	*덕주사약사여래입상*	고려	충북제천덕주사
196	미륵사석불좌상	고려	전북정읍미륵사
197	남하리사지마애불상군	고려	충북증평
197	무송리석불좌상	고려	전북고창
198	미암리사지석조관음보살입상	고려	충북증평
199	견두산마애여래입상	고려	전북남원
200	용인화운사목조여래(아미타, 약사)좌상		경기용인화운사
201	광주극락사지장보살좌상		경기광주극락사
201	안국사목조아미타삼존불상	조선	전북무주안국사
202	안성운수암석조비로자나불좌상		경기안성운수암
204	부천석왕사목조관음보살좌상	조선	경기부천석왕사
204	영지석불좌상		경북경주
206	제천정방사목조관음보살좌상및복장유물	1689년	충북제천정방사
206	백운대마애불입상		경북경주
206	*미륵암석불좌상*		전북장수미륵암
207	문수사목조삼세불상	1654년	전북고창문수사
207	청룡사석조삼불상		서울종로청룡사
208	문수사목조지장보살좌상및시왕상		전북고창문수사
208	남하리석조미륵보살입상	고려	충북증평
209	도전리마애불군상		경남산청
210	상원사목조삼세불좌상	조선	전북고창상원사

지정종목	명 칭	조성년대	소재지
시도유형 문화재 214	제천무암사목조아미타여래좌상	조선	충북제천무암사
216	진천지암리석조여래입상	고려	충북진천
216	보타사금동관음보살좌상		서울성북개운사
217	환희사목아마타불좌상		서울서대문환희사
217	*제천백련사목조아미타여래좌상*	1736년	충북제천백련사
218	환희사판석부조불입상		서울서대문환희사
220	구례사성암마애여래입상	고려	전남구례사성암
221	진도쌍계사목조삼존불좌상	조선	전남진도쌍계사
222	진도쌍계사시왕전목조지장보살상	1666년	전남진도쌍계사
222	군위위성리석조약사여래입상	고려	경북군위
223	정각사목아미타불좌상	조선	서울성북정각사
224	고흥능가사목조사천왕상	1666년	전남고흥능가사
226	봉은사대웅전목삼세불좌상	1651년	서울강남봉은사
227	봉은사영산전석가불좌상과그제자상	조선	서울강남봉은사
227	해남서동사대웅전목조삼존불좌상	1650년	전남해남서동사
228	목포달성사목조아미타삼존불좌상	1678년	전남목포달성사
228	봉은사영산전십육나한상	1895년	서울강남봉은사
229	목포달성사목조지장보살반가상	1565년	전남목포달성사
230	영광설매리석조불두상	고려	전남영광
236	고산암석조바로자나불좌상	고려	경남진주한산사
239	대승사마애여래좌상		경북문경대승사
240	*보은비마라사석조보살입상*	통신	충북보은비마라사
244	제천두학동석조여래입상	조선	충북제천
246	*경흥사목조삼존불좌상*	1644년	충북경산경흥사
247	금릉은기리마애반가보살상		경북김천
248	경국사목관음보살좌상	1703년	서울성북
250	금릉덕천리석조관음보살입상		경북김천용화사
251	화순쌍봉사대웅전목조삼존불상	1694년	전남화순쌍봉사
252	화순쌍봉사극락전목조아미타여래좌상	1694년	전남화순쌍봉사
253	화순쌍봉사지장전지장보살상일괄	1667년	전남화순쌍봉사

지정종목	명　　　칭	조성년대	소재지
시도유형 문화재 258	군위삼존석굴석조비로자나불좌상		경북군위
258	영광연흥사목조삼세여래좌상	조선	전남영광연흥사
259	영암망월사석불좌상	고려	전남영암망월사
260	나주운흥사지금동여래입상	통신	전남나주운흥사
262	순천선암사금동관음보살좌상		전남순천선암사
263	고견사석불	고려	경북고창고견사
265	군위불로리마애보살입상		경북군위
270	청주목우사지석조여래입상	고려	충북청주봉황사
271	곡성도림사보광전목조아미타삼존불상	조선	전남곡성도림사
271	충주창리동약사여래입상	고려	충북충주
272	곡성당동리석조여래좌상	고려	전남곡성
273	화순운주사와형석조여래불	고려	전남화순운주사
273	봉화동면리마애비로자나불입상		경북봉화
274	화순운주사광배석불좌상	고려	전남화순운주사
275	화순운주사마애여래좌상		전남화순운주사
287	청도합천리석조아미타여래입상		경북청도
290	하동금오산마애불		경남하동
296	직지사석조나한좌상	고려	경북김천직지사
300	대승사윤필암목조아미타여래좌상및지감	고려	경북문경대승사
308	*문경봉정리약사여래좌상및관세음보살입상*	통신	경북문경
310	심적사나한전석불상		경남산청심적정사
311	송림사지석조여래좌상	통신	경남거창
318	함양용산사지석조여래입상		경남함양보림사
318	감산사적조비로자나불좌상		경북경주감산사
319	함양대덕리마애여래입상		경남함양
322	거창강남사지석조여래입상	통신	경남거창박물관
322	만장사석조여래좌상		경북의성만장사
324	*거창농산리입석음각선인상*	조선	경남거창
324	영주영전사석조여래입상		경북영주영전사
333	함양대대리마애여래입상		경남함양

지정종목	명　　　칭	조성년대	소재지
시도유형 문화재 334	구미수다사목조아미타여래좌상	조선	경북구미수다사
335	창원성주사관음보살입상	고려	경남창원성주사
338	구미금강사석조석가여래좌상	1701년	경북구미금강사
338	*합천죽고리삼존석불*		경남합천
339	군위인각사석불좌상		경북군위인각사
348	진주청곡사금강역사상	조선	경남진주청곡사
350	진주성전암목조여래좌상	1644년	경남진주성전암
352	구미금강사금동약사여래입상	고려	경북구미금강사
353	구미금강사금동관음보살입상	고려	경북구미금강사
355	의성목련사목조아미타여래좌상	조선	경북의성옥련사
358	송림사대웅전목조석가삼존불좌상		경북칠곡송림사
359	송림사극락전석조아미타삼존불좌상		경북칠곡송림사
360	송림사명부전목조시왕과제상		경북칠곡송림사
362	구미약사암석조여래좌상	고려	경북구미약사암
364	통영용화사목조지장시왕상	조선	경남통영용화사
373	산청율곡사목조아미타삼존불좌상	조선	경남산청율곡사
374	통도사창녕포교당목조석가여래좌상	1730년	경남창영
375	*거창심우사목조아미타여래좌상*	1640년	경남거창
380	함양용추사지장시왕상	1694년	경남함양용추사
385	김용사명부전목조지장삼존상및제상		경북문경김용사
386	경산원효암마애여래좌상		경북경산
387	밀양영산정사석조여래좌상		경남밀양
393	청도장육산마애여래좌상		경북청도
401	*진주응석사삼존여래좌상*	조선	경남진주응석사
413	하동쌍계사사천왕상	1705년	경남하동쌍계사
413	창녕삼성암목조관음보살좌상	1838년	경남창영삼성암
416	의령백련암목조보살좌상과복장유물일괄		경남의령백련암
417	의령수도사석조아미타여래삼존상과복장유물일괄	조선	경남의령
426	남해용문사목조지장시왕상		경남남해용문사
428	남해용문사목조사천왕상		경남남해용문사

지정종목	명 칭	조성년대	소재지
시도유형 문화재 430	양산원효암석조약사여래좌상과복장유물		경남양산원효암
431	양산원효암마애아미타삼존불입상		경남양산원효암
437	창녕도성암석조아미타여래좌상	조선	경남창녕도성암
438	통영용화사석조관음보살좌상	1683년	경남통영용화사
440	마산광산사목조보살좌상	조선	경남마산광산사
441	함양법인사목조아미타여래좌상및복장물일괄		경남함양법인사
444	함양안국사목조아미타여래좌상	조선	경남함양안국사
446	남해용문사목조아미타삼존불좌상	조선	경남남해용문사
455	거제외포리석조약사여래좌상	조선	경남거제

[문화재자료]

지정종목	명 칭	조성년대	소 재 지
문화재자료 3	강릉석불입상		강릉시립박물관
4	*월정사소장불상*	조선	제주월정사
5	경주벽도산석불입상		경북경주
6	경주남산동석조감실		경주화랑교육원
6	*월영사소장목조여래좌상*		제주월영사
7	*보덕사소장목조여래좌상*		제주보덕사
7	마애지장보살좌상	조선	부산수영옥련선원
8	*석약사불좌상*		서울금천호압사
9	*서서학동석불입상*		전북전주미륵암
10	진관사칠성각석불좌상	조선	서울은평진관사
10	인후동석불입상		전북전주용화사
11	경주노서동석불입상	통신	경북경주
11	진관사독성각소조독성(나반존자상)	조선	서울은평진관사
11	용진산마애여래좌상	조선	광주광산청룡사
12	경주서부동석불좌상		경주국립박물관
14	웅수사지석불입상		경주국립박물관
14	홍천진리석불	고려	강원홍천
18	울산인성암석조보살좌상		울산울주인성암
18	마하사대웅전석조석가여래삼존상	조선	부산연제마하사
19	마하사응진전목조석가여래좌상	조선	부산연제마하사
20	석불사석불입상		경남창녕석불사
20	진천산수리마애여래좌상	고려	충북진천성림사
20	마하사응진전석조나한상	조선	부산연제마하사
21	*유촌동석조여래좌상*	조선	광주서구
21	*관음사미륵존불상*		경남창녕관음사
22	*보안사석조여래좌상*	고려	충북괴산보안사
22	안양암명부전지장삼존상	일제	서울종로안양암
23	안양암명부전시왕상및권속18구	일제	서울종로안양암
24	안양암금륜전치성광불 및권속11구	조선	서울종로안양암

지정종목	명 칭	조성년대	소 재 지
문화재자료 25	안양암천오백불전아미타삼존상	일제	서울종로안양암
26	안양암천오백불전천오백불상	일제	서울종로안양암
27	괴산지장리석불좌상		충북괴산
28	석곡리석불입상		전남곡성
32	학림사석불좌상		서울노원구
33	동송읍마애불상		강원철원
34	상동리삼층석탑및석불좌상		강원인제백련정사
36	일원동불국사석불좌상	고려	서울강남불국사
36	율리석조관음보살입상	고려	충북증평
38	강릉굴산사지석불좌상		강릉시립박물관
40	진천교성리연화대좌		충북진천
41	원홍석불입상		전북장수
41	척판암석조여래좌상	조선	부산기장척판암
41	제천시곡리석조여래입상	고려	충북제천
41	이천자석리석불입상		경기이천
43	송용리마애불	고려	충남연기
44	용인미평리약사여래입상		경기용인
44	소재사목조지장보살좌상	1674	대구달성소재사
45	제천한산사석조여래입상	조선	충북제천한산사
46	안성대농리석불입상		경기안성
47	중원미륵리사지석조보살의상	고려	충북충주
48	충주문주리석불좌상	고려	충북충주
48	쌍계사마애불		경남하동쌍계사
50	충주신흥사석조나한상	조선	충북충주신흥사
51	창촌리석불입상		전남순천
52	충주지당리석불입상	조선	충북충주
53	충주강천리석불입상	고려	충북충주
62	용인목신리석조여래입상		경기용인
62	미륵암석불입상		전북남원
64	덕음암석불좌상		전북남원
65	미륵암석불		전북남원

지정종목	명 칭	조성년대	소 재 지
문화재자료70	이평리석불입상		경기이천
77	문원리사지석조보살입상		경기과천
83	송불암미륵불		충남논산송불암
85	봉안사옥석불		충남계룡천마사
92	경주안계리석조석가여래좌상		경북경주
96	경주활성리석불입상		경북외동열지암
98	경주근계리입불상		경북안강용문사
104	고양흥국사목조아미타여래좌상	조선	경기고양흥국사
106	박물관석조여래입상		부여박물관
108	안성죽리석조여래입상		충남안성
110	금골산마애여래좌상	조선	전남진도
111	용덕사목조여래입상		경기용인용덕사
119	양양서림사지석조비로자나불좌상	통신	강원양양
119	양평상원사철조여래좌상		경기양평상원사
124	원주교항리석조불두	고려	강원원주
126	상주신봉리석조보살입상		경북상주
134	보성능봉리석조인왕상		전남보성
135	영은사석불좌상		전남담양영은사
136	문경관음리석불입상		경북문경
139	파주읍내리석조여래입상		경기파주
139	백운암석불입상		전북정읍
141	강릉용연사석조관음보살좌상	조선	강원강릉용연사
141	서천평택석조여래좌상		경기평택
142	*강릉청학사소장청동불입상*	통신	강원강릉청학사
143	*강릉청학사소장청동보살입상*	고려	강원강릉청학사
144	삼척고천리석불좌상	고려	강원삼척
145	천고사석불좌상	조선	전북전주천고사
145	*예천와룡동석조여래입상*		경북예천
145	삼척임원리석불입상	고려	강원삼척
146	동악사석조비로자나불좌상		경북예천동악사
146	노적봉마애여래좌상	고려	전북남원

지정종목	명 칭	조성년대	소 재 지
문화재자료147	예천향석리석조여래좌상		경북예천
148	영주읍내리석조여래좌상		경북영주
150	가덕사석조여래입상	고려	전북남원
151	극락암목조여래좌상	조선	전북전주극락암
152	심곡사목조삼존불좌상	조선	전북익산심곡사
157	선암사마애여래입상		전남순천선암사
160	대교리석불입상		충남홍성
161	광경사지석불좌상		충남홍성용주사
171	미륵사석불		전남장흥
172	*목우암삼존불*		전남무안목우암
181	문수사석조승상	고려	전북고창문수사
182	암치리선각석불좌상	고려	전북고창문수사
182	*상가리미륵불*	고려	충남예산
183	용화사미륵불상	조선	전북고창용화사
184	석산리마애여래좌상		전북순창
185	석곡리미륵불		충남예산
188	연동사지지장보살입상		전남담양
191	금릉신안동석불입상		경북김천
203	석남리석불입상		충남서산
342	양산내원사석조보살좌상	조선	경남양산내원사
342	운문사내원암석조아미타불좌상	1681년	경북청도내원암
350	관음리석조반가사유상		경북문경
351	예천승본동석불입상	고려	경북예천
355	흑석사마애삼존불상	나말려초	경북영주흑석사
356	천안장산리석불입상		충남천안
359	고령대평리석조여래입상	고려	경북고령
361	홍성구절암마애불		충남홍성구절암
366	성주백운리마애여래입상	통신	경북성주
372	원각사목조보살좌상	1649년	경북구미원각사
372	하동금성사목조보살좌상	조선	경남하동금성사
373	보령성주사지석불입상	통신	충남보령왕대사

지정종목	명 칭	조성년대	소 재 지
379	통영미륵불사석조보살좌상	조선	경남통영미륵불사
383	양산통도사극락암석조관음보살좌상	조선	경남양산통도사
384	수덕사소장소조불좌상	조선	충남예산수덕사
385	개심사금동여래좌상	고려	충남예산수덕사
386	천안성불사석조보살좌상	고려	충남천안성불사
387	양산천태정사목조아미타여래	조선	경남 양산 원동
401	불굴사석조불입상	고려	경북경산시불굴사
402	의성증륜리석불좌상	고려	경북의성
420	김천미륵암석조미륵불입상	고려	경북김천미륵암
424	의령천지사석조여래좌상	조선	경남의령천지사
426	군위인각사미륵당석불좌상	통신	경북군위인각사
437	상주목가리석조관세음보살입상		경북상주
440	김천개운사지장보살좌상및십왕상		경북김천
456	동해사석조여래입상		경북상주
474	영주강동리마애보살입상	고려	경북영주
504	영주휴천동마애여래좌상		경북영주
506	구미대원사석조여래좌상		경북구미
507	군위오도암금동불입상		경북군위오도암
509	칠곡도덕암나한전내제상		경북칠곡군
510	예천용문사목조아미타여래좌상		경북예천용문사
536	상주 상락사 석가여래좌상	조선	경북 상주

|참고문헌|

강우방, 『한국 불교 조각의 흐름』, 대원사,1999.

김리나, 『韓國 古代 佛敎 彫刻史 研究』, 一潮閣, 1989.

김삼룡, 『미륵불』, 대원사, 1998.

김원룡, 『한국미술사연구』, 일지사, 1987.

김영태, 『新羅佛敎研究』, 민족문화사, 1987.

김복순, 『新羅 華嚴宗 研究』, 民族社, 1990.

김상현, 『新羅 華嚴思想史 研究』, 民族社, 1991.

문명대, 『韓國彫刻史』, 悅話堂, 1980.

문명대, 『마애불』, 대원사, 1998.

박경식, 『통일신라 석조미술연구』, 학연문화사, 2002.

이기영, 『한국의 불교』, 세종대왕기념사업회, 1999.

진홍섭, 『韓國의 佛像』, 一志社, 1982.

진홍섭, 『석불』, 대원사, 1997.

진홍섭, 『韓國佛敎美術』, 文藝出版社, 1998.

진홍섭, 『금동불』, 대원사, 1995.

장충식, 『한국의 불교미술』, 민족사, 1997.

최성은, 『철불』, 대원사, 1995.

황수영, 『韓國의 佛像』, 文藝出版社, 1989.

· 저자 ·

김환대
金煥大

•약 력•

경북 경주 출생
동국대학교 고고미술사학과 졸업
대학원에서 역사교육을 전공하였다.
경주문화유적답사회장
관광칼럼리스트
문화유적과 관련된 모임에서 활동
현재 어린이 문화체험 학습과 삼국유사 현장기행 답사진행
전국의 석조 문화재를 비롯하여 문화유적을 답사하고 있다.

•주요논저•

「통일신라 9세기 불상연구」
「경주지역 십이지신상에 관한 연구」
「한국 석탑의 장엄조식」
「경주 문화재에 대한 이해」
『신라 천년의 고도 경주를 찾아서』
『경주의 문화유적』
『신라왕릉』
외 다수

경북지역 통일신라
9세기 불상연구

• 초판 인쇄	2008년 7월 10일
• 초판 발행	2008년 7월 10일
• 지 은 이	김 환 대 (金煥大)
• 펴 낸 이	채종준
• 펴 낸 곳	한국학술정보㈜

경기도 파주시 교하읍 문발리 513-5
파주출판문화정보산업단지
전화   031) 908-3181(대표) · 팩스   031) 908-3189
홈페이지   http://www.kstudy.com
e-mail(출판사업부)   publish@kstudy.com

| • 등   록 | |
| • 가   격 | 27,000원 |

ISBN   978-89-534-8642-3 93810 (Paper Book)
        978-89-534-8643-0 98810 (e-Book)